レジェンドノベルス
LEGEND NOVELS

すべてのチートを過去にする異世界超科学 1

contents

レジェンドノベルス
LEGEND NOVELS

すべてのチートを過去にする異世界超科学 1

第一章　予言の勇者

日々を漫然と楽しく生きるべし。それが人生の秘訣《ひけつ》なのだと、俺……三好明彦《みよしあきひこ》は常々考えていた。

かくいう俺も今年で大学三年生になり、就職活動真っ最中だったりするわけだが。なんとか単位は問題なく取れているものの、この就職活動というのが実にやっかいだ。自己ＰＲ。三好明彦です！　働くのは負けだと思っています！　志望動機。ねーよ、んなもん……とまあこれが本音なんだけど。そのままやったら青筋を浮かべた面接官に「お引き取りください」と追い出されてしまうってことぐらい、俺にだってわかる。幸い俺は呼吸するように嘘《うそ》をつけるから、面接官を騙《だま》し切る自信はあるけども。

そうやって仮にどっかの会社に入れたとして。ありもしない社会奉仕精神を奮起して奴隷のように働き、ドＭに目覚めてワーカホリックになる自分がどうにも想像できないんだよな。ひょっとしたら俺だけじゃないのかもしれない。ほとんどの人は自分にある程度の見切りをつけて、建て前上は会社のために頑張りますって吹聴して、本音ではオマンマのために汗をかく。働かざるもの食うべからず。本来この言葉って「働かないなら死んで当然」って意味じゃなかったはずだけど。ま、言葉の意味なんて時代に応じて変わるものだ。

「いやでもホント、どーすっかな……」

俺は今、講義が終わって帰路についているところだ。今日はサークルもないし、家に帰ってレンタルしたDVDでも観《み》ようと思っている。ひょっとすると社会人になる実感が持てないのは日々楽しみにしてるアニメを観たり、サークルでTRPG遊んだりして、遊戯の世界に籠もっているからかな。どこまでもアリじゃなくて、キリギリスな俺。最後はアリに喰《く》われる運命だ。まあ、それも一興だろう。今を楽しんだ分、将来ツケを支払うか。今を犠牲にして未来の老後を取るか。俺は迷いなく前者を選べる。年金は払ってるけどね。親が。

お父さんお母さん、ごめんなさい。生まれてきて、ごめんなさい。

そんなふうに益体《やくたい》もなく、いつもの様にゴールのない思考の迷宮で遊んでいると。

「……ん？」

目を留《と》めた先に、一人の女の子が立っていた。

なんて言えばいいのか。うん、もの凄《すご》い美少女だ。これまで二十一年間生きてきたなかで、間違いなくトップクラス。年のころは十六～十七歳ぐらいかな？　年下なのは間違いなさそうだけど。

気になってしまった理由として容姿はもちろんのこと、現代日本にふさわしくない時代錯誤な服装にも原因があった。まるでどこかの国のお姫様のようなドレスを自然に着こなしている。コスプレ特有の着てみた感がない。あの金色の髪は染めているわけではないだろうし、薄緑色の瞳もカラーコンタクトではあるまい。でも外国人かって言われると、それもなにか違うような……。

「あ」

つい変な声が出てしまった。見惚《みと》れていた俺の視線に少女が気づいたからだ。近づいてくる。確かにジロジロ見るのはぶしつけだったな。眼の前にやってきた少女にとっさに謝罪の言葉が出そうになったが、少女に非礼を窘《たしな》めるような気配はなく……それどころか嬉《うれ》しそうに笑顔を浮かべていたのだ。

え、なに。俺を見て喜んでるっ？　いや、そんなはずは⁉

「お待ちしていました」

「え、あ、はい。すいません！」

なぜか俺を待っていたという少女に、思わず頭を下げてしまう。想像してたとおりの美しい声色。いや、想像以上だ。音楽として聞《き》き惚《ほ》れるレベル。人を魅了してやまぬ、流れるような旋律。しかもなんて見事な日本語のイントネーションだろうか。

それにしてもなんだ、このシチュエーション。恋の始まり？　いやいやいや。っていうか、そもそも俺を待ってたってどういうことだ？

「えーっと……」

「アキヒコ様、ですよね？」

逡巡《しゅんじゅん》している俺に上目遣い、しかも小首を傾《かし》げるように尋ねてくる少女。

やばい、これはやばい。あざとすぎる。破壊力が段違いだ。負ける。この俺が負けるだと⁉　ばかな。中学時代から最強の朴念仁《ぼくねんじん》の名をほしいままにした、この俺が！

「あ、はい。三好明彦です」

しかしそんなやかましい内面はおくびにも出さず、努めて平均的な日本人を装って会釈する。だがしかし。

「やっぱり！　よかった、予言のとおりです」

少女の満面の笑みに、背筋が凍りつき、同時に百年の恋も冷めてしまった。

予言？　前世系？　ナニコレ、転生系ヤンデレは最も触れてはならないヒロインじゃないか。危険だ。この少女に深入りするのは危険すぎる。しかも個人情報まで知られてるじゃないか。きっと宗教系の勧誘だ。このままだと「これはいいものですから」とか言われて目玉が飛び出るような金額の壺《つぼ》を買わされるに違いない。一刻も早く逃げなきゃダメだというのに、どういうことだ！　動け、動け、俺の身体《からだ》！　なぜ動かん！

「アキヒコ様。申し訳ありませんが、こちらの世界で事情をお話しする時間がありません。そろそろ滞在時間が切れてしまいますので……」

「はいぃ？」

少女の意味不明なセリフに思わず人材の墓場の人みたいな返しをしてしまった。

俺の身体が動かないのは、チャームの魔法にでもかかってしまったからなのか。さらに少女が伸ばしてくる手も取ってしまう。思わず守りたくなるような華奢《きゃしゃ》できれいな手。そして、柔らかい。

少女はさらになにか言おうとしたようだが二の句が継げないといった様子だ。なにを言おうとしたのだろう。表情からすると謝罪……いや、願い、だろうか。

俺が思考している間にも、少女と俺の周囲には光が満ち始めていた。

「え、これは……いったい」

もっと気の利いたセリフはなかったものか。己が身に起こっている怪現象にさしたるリアクションもできず、少女を見つめてしまう。俺の目に映った少女はその瞳に強い決意を秘め、こうつぶやいた。

「お許しください。でも、どうか……」

俺は光に包まれるなかで、なんとなく思った。こんな子にだったら、どんなひどいことをされても許してあげられるな、と。

光を抜けると、そこは見知らぬ風景だった。

俺のよく知る路地は跡形もなく消え、現れたのは石レンガに囲まれた広い部屋。戸惑うばかりの俺は、ゆったりとしたローブのようなものを羽織っているギャラリーたちを見て、ファンタジーの映画で見た魔法使いみたいだなとのんきな感想を浮かべてしまった。

「やったぞ、成功だ！」

「姫様、おかえりなさいませ！　大事はございませんか！」

「おお、その方がアキヒコ様ですか！」

ローブの人たちが歓声をあげていたが、俺と少女に近づいてくる様子はない。姫様、というのは間違いなく少女のことだろう。この人たちまで俺を知っているという事実に、少女の言っていた予言という言葉を思い出した。

「皆様、ありがとう。ですが喜ぶのは早いですよ。アキヒコ様に事情を説明しなければなりません。部屋の用意は？」

「はい、こちらです」

部屋の入り口に立っていた侍女が……うほっ、いいメイド服。やらないか。

いや……コホン。メイドさんが扉を開けた。

「アキヒコ様、こちらへどうぞ」

少女がつないだままだった手を優しく引いてくれる。やらかい。ありがたや。もちろん美少女のエスコートに抵抗なんかするわけない。少女に続いて部屋を出た。通路に出るときに振り返ると、部屋の床が見えた。あれは魔方陣だろうか？

「だんだんなにが起きてるか、わかってきたぞ」

俺のヲタ知識によると、これは異世界召喚に間違いない。となると、このあと少女からお願いされるであろう内容もだいたい察しが付くが……。うーん。意外と冷静だな俺。もっと混乱してもいいシチュエーションだと思うけど、これも日々の妄想訓練の賜物《たまもの》なんだろうか。

だからというわけじゃないけど、少女が俺を通してくれた部屋が謁見の間ではなく普通の応接間だったのには、ちょっとばかり肩透かしを食らった。こういうときって王様が偉そうにふんぞり返って「よくぞ来た、異世界の勇者よ」とか言うのがテンプレだと思ってたんだけど。

「まずは、アキヒコ様。無理やりに連れてくるような真似《まね》をしたことをお詫《わ》びいたします」

勧められるまま席に座った俺に、とても申し訳なさそうにふかぶかと頭を下げる少女。って、なりません姫、この角度はいけませんぞ。胸チラです。殿中でござる。

「いや、きっとなにか事情があったんでしょう。頭を上げてください。困ります」

主に目のやり場にな。これだけの前金をもらっておいて更なる謝罪と賠償を求めるほど、俺は厚顔無恥ではないぞ。

「ありがとうございます、アキヒコ様。さぞ混乱しておいでかと思いましたが、さすがは予言の勇者様……」

頭を上げてと言っただけなのに、少女はなぜか感動していた。これってあれか、いわゆる「さすおに」ってやつなのか。

「えーと。まずは、その……予言というのを聞かせてもらえますか」

どうにかこうにか口を開いて脱線する思考を引き戻した。実際、予言というのはずっと引っかかっていたキーワードでもある。会話のイニシアチブを握ることも兼ねて、ここは俺のほうからどんどん突っこんでいったほうがいい。

「はい。ですが、まずは自己紹介をさせていただきます。私はタート＝ロードニア王国の第一王女リオミ＝ルド＝ロードニアと申します」

「ご丁寧にどうも」

俺も自己紹介しようと立ち上がりかけて、やめた。そういえばもう名乗ってるし、そもそも相手は俺のことを知っている。そして案の定、マジモンのお姫様だったってわけね。

「予言ですが……アキヒコ様の名はこの世界……アースフィアに『魔王を消し去るもの』として予言詩が伝わっているのです」

魔王を消し去るもの、ねぇ……。ますます胡散臭《うさんくさ》い。とりあえず異世界の名前はアースフィアか。覚えたぞ。

「とりあえず予言の詳細を聞かせていただいても？」

「はい」

俺のお願いにリオミ王女は嫌な顔一つせず、予言を暗唱……もとい唄い始めた。

「『蒼《あお》き星よりきたる勇者。闇よりいでし魔王を消し去る。魔を極めし王女が導き現れる。その名をアキヒコ。天からの贈り物、聖なる剣で光を降らす』」

うっとりとした表情のまま、リオミ王女は唄い切った。ああ……うん。やっぱり唄っても芸術だな。この子の美声は。

「私は、この予言を子守唄代わりにして育ちました。とても大好きな詩なのです」

大事なものを手繰り寄せるように胸に手を当てるリオミ王女。うん、よかったよかった。予言と聞いて嫌な予感してたんだけど、リオミ王女はヤンデレではなかったんだね。いや、予言詩の内容はとっても物騒だったけどさ。

「つまり、俺が聖剣でもって魔王を倒すと」

とても信じられないが、リオミ王女は確信に満ちた瞳でこちらの目をまっすぐに見据えてきた。

「はい。アースフィアには昔から、強大な魔王が存在するのです。どこからやってきたのかはわかりませんが、アースフィアの魔物を支配し、人の地を荒らしています。元から軍勢を率いていたという説もありますが……」

「いかにも魔王って感じだな」

まあ大方、地下の魔界からでもやってきたんだろう。そこを深く考えても仕方ない。

「やっぱり人類殲滅《せんめつ》とかが目的だったりするのか？」

「いいえ。魔王の目的は人間の支配だと言われています。もし世界を滅ぼすのが目的であるなら、三日で達成するだろうと言われるほど、強力な力を持った存在ですから」

「え、それは……」

おいおい、マジかよ。俺が尊敬する偉大な大魔王様を超えておられるぞ、ホントなら。あのお方がファンタジー版の核爆弾を使って成し遂げようとした大事業を、三日でって。ますます予言詩が俺の死亡フラグに思えてくるんですけど。

「アースフィアになんのゆかりもないアキヒコ様を頼るのは、王族として責任放棄に等しいと自覚しています。ですが……私も魔法に関してなら多少の才もございますが、魔王の持つ強大な魔力には到底太刀打ちできません。いえ、私だけのことならいいのです。魔王の配下に苦しめられる民の声を聞くのは、もう……耐えられません」

それなりの人生経験しか積んでない俺だが、年下の王女の告白は……充分、胸にクるものがあった。リオミ王女は自分だけのことならいいと言う。だけど自分以外の人が傷つくのが耐えられないと。揺れる薄緑の瞳には、事実に基づく説得力があるような気がした。

「恥を忍んでお願いいたします。どうか、アキヒコ様。魔王を倒してください」

頭を下げるリオミ王女に、俺は肩を竦《すく》めて嘆息するしかない。当然だ。そんな怪しい予言に従うなんてバカげてる。ただの大学生に魔王が倒せるはずがない。ここは断るのが順当だ。

「はい、いいですよ」

「……え？」

俺の即答に、リオミ王女が信じられないとでもいうような驚きの表情を浮かべた。ん、あれ、聞こえなかったのかな？

「あの、アキヒコ様……」

「今言ったとおりさ。魔王なら倒す」

もう一度言い直す。さも、それが当たり前だというふうに。

「ほん、とうに？　こんなふうに連れてこられて、お怒りにならないのですか……？」

リオミ王女が一言一言、確かめるように言葉を紡《つむ》ぐ。

「いやまあ、ちょっと戸惑いはしたけども。でも、予言に俺の名前が伝わってたんでしょう？　なら俺にできることなのかもしれない。正直、自信はあんまりないんだけど」

後半以外は嘘だ。そもそも予言なんて信用できない。俺が勇者で魔王を倒すなんて話、中学生じゃあるまいし。ホイホイ乗っかるほうがアホだ。

だけど、リオミ王女は予言の詩を子守唄代わりにしていると言っていた。予言の詩が大好きだとも。俺の名前を聴きながら育ち、健やかな心を持って育った王女の心からの願いを、どうしてむげにできようか。

「あ……っ」

と、声を漏らしたかと思うと。リオミ王女が糸の切れた操り人形のようにへたりこんでしまった。

「だ、大丈夫ですか？」

「は、はい……。安心、してしまいました。あはは」

駆け寄る俺に、力なく。しかし安堵《あんど》に満ちた笑い声を返すリオミ王女。俺が支えるより先に部屋に控えていたさっきのメイドさんが、リオミ王女を助け起こした。

「本当によろしいのですね、アキヒコ様……」

「うん。えーっと、でも俺にはなんの力もないと思う。なんかこっちの世界に来て、力が目覚めてるとかじゃなければ」

あとはこっちの重力が小さくて地球ではヘナチョコな坊やだった俺が、アースフィアなら無敵の超人！　とかでもなければ。特技なら一応あるっちゃあるけど、魔王退治の役に立つとは思えんし。

「よかったです。本当に、ありがとうございます」

またまた頭を下げてくれるリオミ王女。今度は俺も立ってるから胸チラは回避された。正直、今見えちゃったら罪悪感ぱない。良かった。それにしても俺ってこんなに善人だったっけかな。もっと斜に構えて世の中見てるつもりだったんだけど。

「おそらくアキヒコ様は、聖剣を抜くことで大いなる力を得られるのではないかと思われます」

「聖剣？　ああ、予言の」

聖剣か。確かに、それに賭けるっきゃないかな？

「アキヒコ様には承諾をいただけましたので、これから聖剣のある地へと向かいます。来ていただけますか？」

リオミ王女の問いかけに、俺は力強く頷《うなず》いてみせた。

そうだな。その聖剣とやらを抜くと、俺の超絶パワーが覚醒して魔王もビックリな勇者になるに違いない。予言もそう言っているようなものだし。う～ん、そういえば帰る方法とか聞いてないけど魔王を倒すって言っちゃった以上、長期滞在を覚悟しないといけないのかな。変にホームシックにかかってもまずいから今は聞かないでおこう。折を見てリオミ王女から話してくれるに違いない。

こうして俺はリオミ王女とともに護衛を引き連れて、聖剣があるという地へ向かった。


「おお、すっげえ。本当に城だ」

揺られる馬車の窓から見える景色に、思わず唸《うな》ってしまった。馬車の通る石畳の向こう側に、大きなお城。中世暗黒時代のリアルな土を掘って堀を作っただけの城ではなく、ファンタジーのゲームかなんかで想像するようなほうの城だったのだ。

カタコトと上品な車輪の音を立てながら、王族御用達《ごようたし》の馬車が城下町を行く。うーん、いろんな種族の人がいるな。エルフにドワーフまでいる。ひょっとして、あのオヤジ顔の子供は小人族かな？　あらゆる種族の人たちが王族の馬車を遠巻きに見ている。特にひれ伏したりはしていないが、失礼のないよう頭を下げている人たちが見えた。

「あ、あれは！」

そのとき俺の目に飛びこんできたのは、頭に猫耳とか犬耳をつけて、腰のあたりからは尻尾の生えた……いわゆる獣人であった。

「ワ、ワンニャンぱらだいす……！」

心の内から湧き上がる衝動に総身を震わせる。気がついたら、俺は窓枠から身を乗り出していた。

「アキヒコ様、なにか変わったものでも？」

「えっ!?　うわわっと！」

あっぶね、落ちるところだった！

「だ、大丈夫ですか？　あんまり身を乗り出すと危ないですよ！」

俺の向かい側に座っていたリオミがびっくりしながら、俺の身体を支えてくれた。

「ご、ごめん。俺の世界には、ああいう耳の長い人とかはいなかったから、ついね！」

「そうなのですか？」

身振り手振りを交えて必死にごまかすと、リオミ王女が心底意外そうに目を見開いた。地球に来てたみたいだけど、時間制限があったらしいし、あんまり見て回れなかったんだろう。

「そういうことでしたら、聖剣の件が終わったら一度王都を案内させていただきますね。多くのことがアキヒコ様にとってははじめてでしょうし」

あかん王女、それフラグやで。まさかとは思うが、アキヒコはアキヒコでも、俺ではなくて別人のアキヒコかもしれないのだ。聖剣が抜けなくて人違いでした！　だったら目も当てられない。

そんな具合で王女と親睦を深めていると、三十分ほど経過しただろうか。馬車が止まった。すでに城下町からは出ていて壮大な平野が地平まで続いているのが見える。こんな辺鄙《へんぴ》なところに聖剣が？

「足元に気をつけてくださいね、アキヒコ様」

リオミ王女が従者に促されて馬車を降りる。本当に終着点らしい。案外近いんだな……などという安易な感想はすぐに覆された。

「え、これって……」

馬車を降り、王女たちが歩いて行く方向を見て絶句する。草原にぽっかりと大穴が開いていた。すり鉢状のとてつもなく巨大な、大隕石《だいいんせき》でも落ちてきたかのような……そう、クレーターだ。俺たちの目の前にはクレーターとしか形容できない大地の傷跡が広がっていたのである。

「アキヒコ様、お手を」

クレーターの端で唖然《あぜん》としていた俺は、半ば無意識に差し出された手を取っていた。

「《我らが身は泡のごとく。レビテイト》」

リオミ王女が呪文を唱えた。浮遊の魔法のようだ。俺たちはふわりと宙に浮きクレーターの内部へゆっくり落ちていく。

「すげえ！　魔法だ。本当に魔法！」

宇宙飛行士にでもならなければ経験できなかったであろう無重力体験に、俺は年甲斐《としがい》もなく大興奮していた。子供のころ、遊園地で擬似無重力を体験できるコーナーがあったけど、俺はやらなかったんだっけ……などと、まったく関係ないことを思い出す。

俺が考えていたよりクレーターは浅かったようで到着は意外と早かった。底に降り立つと魔法の効果も切れたのか、無重力感覚が消える。あれ？　てっきりお付きの人も来るのかと思っていたが、俺とリオミ王女だけ、二人っきりで降りたのか。ああ、よくないな。妙に意識してしまう。

「アキヒコ様。あれが聖剣です」

リオミ王女の指し示した方向には、確かになにか棒状のモノが地面に突き刺さっていた。クレーターの紛れもなく中心、そこに聖剣はあった。

「まさか、このクレーターって……」

「はい。聖剣は天から光とともに降ってきました。この穴はそのときにできたのです」

空から落ちてきた剣が、このクレーターを作った。いや、剣の質量落下でこれだけのクレーターができるもんかね、普通。つーか聖剣、壊れてないだろうな。

「あの聖剣を引き抜けた者は、アースフィア史上において存在しません。また、落下した後も破損はないらしく、不壊の聖剣とも呼ばれています」

壊れていないらしい。さすがは聖剣といったところか。確かに予言詩でも天からの贈り物、という一節があった。これが聖剣と伝えられるものに間違いないのだろう。

「さあ、アキヒコ様。聖剣の下へ」

「え、俺だけで？」

「あの聖剣が抜けないのは、大地から引き抜く力が足りないからではありません。あの聖剣の周囲には結界のようなものがあり、誰も近づけないのです」

な、なるほど。詳しく調査しようにも、それじゃあ無理だよな。

「ここで俺が近づけなかったら、大変なことになるな」

「大丈夫です、アキヒコ様。私は信じております」

ああ、その無条件の信頼が痛いです王女様。だが、その信頼には応えねばなるまい。やってやる、やってやるぞ！

奮起しつつ、おそるおそる聖剣へと近づこうとした……そのとき！

「な、なんだこれ！」

大地が揺れる。地震だ。地震？　こんなすり鉢状のクレーターのなかで地震だと⁉　おい、これやばいんじゃないか。俺も王女も聖剣とともに生き埋めになってオダブツというオチではないのか？

「アキヒコ様、危ない‼」

俺が揺れで一歩も動けないなか、リオミ王女がとっさに先ほどの浮遊の魔法を唱え、俺の手を摑《つか》んだ。揺れがなくなる。いや、地震は続いているんだが、俺とリオミ王女が地面から避難したのだ。

しかし、それで一安心とはいかないのが世の常。

「ぬぅぅん‼」

地球では一度も聞いたことのないような野太い声が轟《とどろ》き、大地が爆《は》ぜた。今まで俺が立っていた地面が爆発したのだ。もしまだあそこに立っていたらと思うとゾッとする。

「あ、あれは！」

土煙が晴れた先に、こちらを見上げる巨人が立っていた。不敵な笑みを浮かべ、肩に担いだ巨大なハルバードを構える。

「待ちわびたぞ、聖剣の勇者よ。わが名は無双巨人ゴズガルド。いざ尋常に勝負するがいい‼」


拝啓、お母さん。お元気ですか？　僕は異世界でも元気です。最近、悩みがあります。異世界の展開に全然ついていけないわけで。いざ聖剣を抜こうと思ったら、地面が割れて巨人が現れたわけで。しかも、どう見ても友好的には見えないわけで。まだ聖剣を抜いてもいないというのに、強敵の予感なわけで。残念、勇者アキヒコの冒険はここで終わってしまうわけで……。

「ゴズガルド⁉　ザーダス八鬼侠《はっきほう》の一人がなぜここに！」

「グアッハッハッハ！　魔王様のご命令により、聖剣を抜くという勇者とやらを拝みに来たのよ」

逃避モードの俺の目の前で繰り広げられるリオミ王女と巨人のやり取りを聞く限り、どうやら魔王軍のなんか凄《すご》い強い幹部のようだ。きっと軍団かなにかを任せられている奴《やつ》に違いない。見た感じ武人肌っぽいが……い、いや待てよ。こういう一番手は魔王軍幹部でも一番の小物と相場が決まっているはずだ！

「アキヒコ様、まずいです！」

「や、やっぱり、まずいのかな！」

だ、ダメだ。リオミ王女が本気で焦ってる！

「考えておくべきでした。魔王とて予言は知っているはず。聖剣を抜く前に刺客を送ってくる可能性も想定していましたが、まさかここで……しかも、よりによってゴズガルドとは」

「有名な奴なのか」

「オイ、おまえが勇者か？」

リオミ王女が俺の質問に答える前に巨人が会話に割りこんできた。ジロリ、と俺を睨《にら》みつけてくる。

あ、あれはいけない、獲物を品定めする目だ。いや、そんな目で見られたことはないけど。ブルッときてるから、きっとそうだ。漏れませんように。死力を尽くせ、わが膀胱《ぼうこう》。

「降りてこい、勇者の。ワシはおまえと戦うのを心待ちにしておったのよ。わがブラキニスの錆《さび》としてくれる」

巨人がこれみよがしにブオン、ブオンとハルバードを振るうと風圧が空中にいる俺とリオミの身体を揺らした。

「え、遠慮しておきます」

まったくもって冗談ではない。あんなモノで攻撃されたら俺の身体など粉微塵《こなみじん》に吹き飛ぶだろう。

混乱する頭とは別に、俺の頭脳はあらためて巨人の姿を曇りなき眼ではっきり捉えたうえで、分析を開始する。背はだいたい七〜八メートルぐらいだろうか。その肉体美を惜しげもなくさらしていて、腰に巻いた板チョコみたいな金属板が申し訳程度の防具だ。全身は筋肉で引き締まっており、鋼鉄よりも頑丈でありながら、しなやかに動きそうだ。明らかに魅せ筋じゃない。

だが、なによりもヤバそうなのは巨人が持っているエモノのほうだ。ハルバードというのはただでさえ斧《おの》と槍《やり》の両方の特徴を備えた凶悪な武器なわけだが、ヤツが装備しているのは普通の人間の扱うサイズじゃない。ブラキニスとか言っていたか？　直撃はもちろん、かすっただけでも死ぬに決まってる。

「ふん、こんな青ビョウタンが本当に勇者か？　魔王様も心配性であらせられるな」

おびえる俺を見て、巨人がつまらなそうに鼻で笑う。俺たちが浮いてる場所はヤツがその気になれば決して届かない間合いではないはずなのに。

……ふむ。すぐには襲ってこないのか？

「ま、魔王は俺のことをなんて言ってたんだ！」

ちょっと質問しただけなのに、ギロリと睨み返された。コ、コワイ。

「輿の乗らぬ仕事よ。おまえが聖剣を抜く前に摘み取れ、とな。エモノも持たぬ勇者を討ち取ったところで、なんの自慢にもならぬのに」

「そ、そうだな」

とりあえず話を合わせながら巨人を観察する。どうやらコイツ、この仕事に乗り気じゃないっぽいな。こちらの出方を窺っている？　なら……。

「もし俺が聖剣を抜かないで逃げるって言ったらどうする？」

「アキヒコ様!?」

ああ、そんな「めちゃめちゃショックです！」みたいな目で見ないでくれ！　探りを入れてるだけなんだ！　泣かないで、後生ですから。

「そのときは、お主以外の者を皆殺しにするだけの話よ」

うん。普通に尻尾巻いて逃げる、の手はなしだな。

さて、どうする。感じるんじゃない、考えるんだ。現実には一度も立ち向かったことなんてないけど、こういう脳内シミュレーションだけは幾度となくやってきたじゃないか。

コイツは勇者との尋常なる勝負を望んでいる。そこに隙がある気がする。魔王はコイツになんて命令したんだっけ？　聖剣を抜く前に俺を倒せ、か。コイツは明らかに任務を面白がってない。聖剣を抜いた俺と勝負できないことが不満なのか？　いや、それだけじゃない気がする。俺が魔王のことを言ったとき、睨んできた。あれは怒りだ。主君の侮辱を許さないという怒りだろう。強さを重んじる武人肌。俺が聖剣を抜く前に倒せと言われ、面白くはないが魔王の命令は絶対、だがコイツはすぐに襲いかかってくる様子はない、逃げるなら問答無用で皆殺し、そうできるだけの実力を自負している。

……そうか、わかったぞ。

「魔王はおまえを随分安く見たようだな」

「……なんだと？」

「なぜ、魔王が聖剣を抜く前に俺を殺せと命令したか、おまえはもうわかっているんじゃないのか？」

俺の挑発に、意外なほど顕著な反応があった。怒り。屈辱。だがそこに、わずかな狼狽《ろうばい》が。

「魔王様を侮辱するか、貴様！」

「いや、違うな。侮辱されているのはおまえのほうだ。そして、侮辱してるのも俺じゃない」

充分なヒントがあった。導き出される答えは一つしかない。巨人は怒りに震えているが、挑発しただけで直情的に攻撃してくるタイプではないと見た。そういった行為を誇りある武人はしないものだ。

なら、俺がここで退くわけにはいかない。

「貴様になにがわかるというのだ……！」

「おまえは魔王に、こう思われている。『おまえでは、聖剣を抜いた俺には勝てない』と」

俺の言葉に巨人が顔を赤くする。ここまで言われても攻撃してこないのは……あいつもうすうす感じていたからだろう。自身の誇る武《ぶ》を、魔王に軽く見られていると。ひょっとしたら魔王はあの巨人を試しているのかもしれない。武人としての甘さを捨てきれるかどうか。下した勅命と、武人としての誇りを天秤《てんびん》にかけ、忠誠をとるか否かを。なんとも悪辣な上司だと思うが、これを利用しない手はない！

「証明する機会が欲しくはないか？　おまえほどの忠臣なら、主の勘違いを……時には諫《いさ》めることも必要じゃないか？」

あくまで俺は、魔王とコイツを貶《おとし》めるのではなく。持ち上げたうえで、なおかつ魔王による侮《あなど》りを指摘する。奴が感じていた不満を、他ならぬ、奴が戦いたいと切望している勇者の言葉で自覚させる。これは俺にとっても賭けだ。

「戦ってやる。俺が聖剣を抜いたら、な」

挑発に乗ってこない可能性もある。魔王の命令を優先し、俺を殺すという選択肢を取った場合が最悪だ。そもそも聖剣を俺が抜けるか否か。抜けたとして、その力でもって魔王軍の幹部クラスに勝てるのか。もうコインをベットした。あとは奴が伸るか、反るか。

「……貴様の挑発に乗ってやろう、勇者」

想像とは違った。俺は、あいつが怒り狂って聖剣を抜けと叫ぶんじゃないかと思っていた。だけど巨人は静かに。ただ静かに……地の底から響いてくるような声で、俺を凝視したのだ。

「だが、勘違いするな。魔王様の命令に逆らうのではない。不遜な言葉を吐く貴様の全力を砕き、魔王様への供物とするためだ。ワシはしかる後、いかなる誹《そし》りでも受けよう」

そんなのは詭弁《きべん》だ。コイツは魔王を侮辱した俺を万全にしたうえで倒すという大義名分を見出《みいだ》した。自身の武を示す機会、その誘惑に抗《あらが》えなかったんだ。だが、それでいい。意外と冷静なおかげで助かった。もしコイツが武人としての自分をかなぐり捨てて、あるいは俺の言葉をただの侮辱と解釈してハルバードを振るってきたら、俺たちの命はなかった。

「アキヒコ様」

リオミ王女が心配そうに俺を見る。笑い返してあげた。

「降ろして、リオミ。行くよ」

自然とリオミ、と呼び捨てにしていた。リオミが頷いて、俺をクレーターの底に導く。聖剣のところに行こうとして、つんのめりそうになる。リオミが俺の袖を摑んでいたのだ。

「アキヒコ様。どうか、ご無事で」

リオミの瞳が揺れている。その顔は、今にも泣きそうで。ああ、うん。そうだよな。俺が……俺が守らなきゃいけないよな。頼んだぜ、聖剣。本当に俺が予言の勇者だっていうなら、応えてくれよな……。

俺がリオミに微笑《ほほえ》み返すと……名残惜しそうに、リオミは俺の袖を解放する。

慎重に巨人を注視しながら、聖剣のほうへ向かう。奴は……動かない。俺が聖剣を抜いて構えるまでは手を出さない、そう目で訴えている。ほどなくして俺は聖剣に触れられる距離まで近づいた。リオミを振り返る。頷かれた。よし、結界は越えたみたいだな。なら、あとは抜くだけだ。

「すぅ……」

深呼吸する。これほど緊張したのは、小学生のとき……初恋の先生に告白するとき以来だ。あのときは散々だった。今回はどうだろう。うまくいくだろうか。いや……やらないといけない。俺だけのことじゃない。後ろで俺を信じてくれているリオミや、まだそんなによく知らないけど、魔王に苦しめられてる人たちの希望が……俺の双肩にかかっている。

(ああ、またか)

幾度となく頭を悩ませてきた自身の一面に苦笑しながら、俺は聖剣に触れた。

「ぐ、う……ッ!?」

なんだ、これは。なんだ、これ! とてつもない情報量。脳を圧迫する0と1の羅列。聖剣の正体、そして機能。付随するあらゆる情報が俺のなかになだれこんできた。永遠にも等しい時間が流れたように思えたが、実際にはほんの一瞬の出来事だったはずだ。

肩で息をしながら聖剣を握り、実にあっさりと地面から引き抜いた。リオミの喜ぶ声、巨人の笑い声が聞こえたが……俺に一切の感動はない。『これが地面から抜けるのは、もうわかっていた』からだ。そして、振り返る。事態を分析する。

(まずい……! この聖剣じゃあ、戦えない!)

俺は王道的な展開で異世界に召喚され、聖剣を抜く勇者としてアースフィアに降り立った。おっかなびっくり聖剣を抜いて、それでもって隠された力かなにかに覚醒して、この世界を救う展開になるのだと思っていた。結論から言う。それは間違いだった。

まず、予言では聖剣と呼ばれているこの剣だが……いや、剣と呼ぶにはちょっと問題があるか。

確かに形は剣だ。だが、刃がない。最初からこの剣は、なにかを斬るために造られたものではない。形状も異様だ。刃に相当する部分は鋼やらオリハルコンではなく……こう、なんていうんだ。メタリックな機械みたいと言えばいいのだろうか。ところどころに細長い溝があり、溝によって色が違う。さすがに空から落下しても傷一つないだけあって、とても頑丈な素材が使われているようだ。いや。実はなにで造られているかというのも、もうわかっているのだが。今は省こう。

重要なのはそこじゃない。今大事なのは、あの巨人を戦闘で圧倒できるようなチートパワーの有無だ。可能であれば、勇者にふさわしいだけの力を与えてくれる超常的な……そう、魔法的なアーティファクトが欲しかった。だが、期待は裏切られた。聖剣そのものに武器としての特別な力はない。これは武器ではないのだ。これでは、この聖剣では、戦えないのだ……。

「どうした、勇者。構えよ」

いつまでも呆《ほう》けている俺に巨人が訝《いぶか》しげな視線を送ってくる。いや、さすがに気づいたか？　明らかに斬れるようには見えないもんな。すぐに襲っては来ないだろうが、このまま構えないでいても痺《しび》れを切らして攻撃してくるだろう。先ほどとは状況が違う。こちらはもう、聖剣を手に取ってしまっているんだから。

どうする。どうするよ俺。

「アキヒコ様」

リオミ。彼女は祈るように手を合わせてくれている。俺が状況を打開できると、信じてくれている。

そうだ。呆けている場合じゃないぞ、三好明彦！　聖剣は確かに俺の肉体を直接パワーアップさせてくれるようなアイテムじゃない。だからといって、方法はないのか？　いや……あるにはある。これは武器ではないが……兵器だ。

「大丈夫だ、リオミ」

先ほど聖剣に触れたとき、膨大な情報が俺の脳に入力された。さまざまな情報があったが、要するにあれは聖剣のマニュアルだ。この聖剣がどのような機能を持つのか、どんなことができるか。そういった使い方が遺伝子レベルで俺にインプットされたのだ。その気になれば、今すぐヤツをケシズミにできる。だが、それはまずいのだ。リオミやクレーターの上で状況を見守るしかない護衛兵たち、そして……王都の人々すべてを、巻きこんでしまう。だから、その方法はダメだ。

「……待たせたな」

俺は覚悟を決めて時代劇の見よう見まねで聖剣を構えた。巨人もまた、待ってましたと言わんばかりにハルバードを構える。やはり冷静なままだ。すぐに打ちかかっては来ない。ヤツも未知の聖剣を多少なりとも警戒している。武人だからこそ。戦士なればこそ。剣の機能を持たない聖剣を、侮《あなど》らないでくれている。

さあ、今のうちに考えるんだ。この状況を打開する方法を。さっきとは違う。聖剣の使い方はわかっている。リオミたちを殺させず、俺も殺されない方法だ。ヤツに勝つ方法でなくていい。この場を犠牲なく乗り切る策でいいんだ。

「俺がこの聖剣の刃を返すとき……おまえが俺を見る、最後の瞬間になる」

巨人が俺の言葉に目を見張った。俺が挑発的に戦いの合図を指定したことで、巨人がニヤリと笑う。よし、これで俺がタイミングを主導できる。この方法しかない、というわけじゃないが……現時点で思いつく限りでは、これが最良のように思えた。ここにいる全員が攻撃にさらされることなく、逃げ切る方法。

「いくぞ！」

選択した。もう、迷いはない。俺は刃を返した。

「随分と囀《さえず》ってくれたものだな。小僧！」

来た！　巨人はまさしく一瞬で間合いを詰めてきた。あちらの体躯《たいく》を考えれば距離などあってないようなもの。だけど、俺に焦りはない。余裕で間に合う。

——起動！

聖剣の溝が各々に発色し、輝きを増す。

「あばよ、オッサン‼」

巨人は驚愕《きょうがく》の叫びをあげたようだが、それが最後まで聞こえることはない！

——範囲はクレーターの周辺を含めた半径五十メートル圏内。対象は巨人を除いた有機生命体すべて。リオミと護衛兵士たち。あとついでに馬車！　範囲指定、瞬間転送……‼　転送先——アースフィア衛星軌道——マザーシップ……！

「こいつは……この聖剣の正体はッ！　アースフィア宙域周辺に遺《のこ》された超宇宙文明の兵器の数々を統制する……マスターキー！　俺の武器は聖剣そのものではなくッ！　《聖鍵《せいけん》》によって操作・

指揮・管制する兵器群に他ならないッ‼」

　転送先のマザーシップのブリッジで、俺は不敵に笑った。

「ったく、ファンタジーの異世界召喚だと思いきや、とんだ番狂わせだぜ」

　そう、ここから本当の意味で始まるのだ。アースフィアを支配せんとする魔王軍に対し、俺の……聖鍵指揮下にあるＳＦ兵器を駆使した戦いが。


　ファンタジーだと思ったの？　残念、ＳＦでした！

　さーて。どうも、皆さん。三好明彦です。今後に関しての注意事項を喚起させていただきます。

　俺は今、聖鍵を通して各兵器の情報を理解してしまっているため、自己完結して説明不足になる可能性があります。もしなにかわからないことがあったら、たぶん巻末とかに問い合わせ用のメールアドレスがあったりなかったりするので、そちらまでお送りください。説明の必要性を感じたら後々の紙面にてフォローをさせていただきます。

　む？　巻末？　紙面？　なんだそりゃ。聖鍵がそう言えって言うから一応言ったけど。

　まあいいや。気を取り直して。さてさて、なにから話していいものか。そうだな、まずはマザーシップについてはちゃんと説明する必要があるだろう。

　その名のとおり、マザーシップは母艦だ。アースフィア衛星軌道――座標は、別に言わなくてもいいか。とにかく大気圏を越えた先、宇宙に浮かんでいる。衛星軌道ということは、当然、アースフィアは惑星である。第一九三〇四宇宙惑星エグザイル。それがマザーシップに登録されていたアースフィアの名称である。

いわゆる宇宙戦艦であるマザーシップには各種兵装が搭載されている。主砲ホワイト・レイ一門、副砲百二十二門、対空砲二千四百十六門。周囲の隕石やデブリを取りこんで打ち出すマスドライバーカタパルト砲一門。エネルギーシールド発生装置は万を超える。

搭載兵器。宇宙戦闘機百六十機、万能攻撃機三十二機、多脚バトルポッド十六機、大気圏突入及び離脱能力を持つ戦略爆撃機八機、キャンプシップ四機。すべて無人有人操縦に対応。現時点でこれがすべてだが、ペイロードには余裕があるため必要に応じて改造、改装は可能だ。

内部施設。ブリッジには艦長席があるのみ。ここの台座に聖鍵をセットすることでマザーシップを自分の手足のように扱える。さらにここからは、アースフィアの美しさを展望できる。広さは充分に確保されているので、ブリッジクルーを迎え入れることも可能になっている。

生産プラント。農業、工業などの各種生産施設。現在は稼働していない。これも拡張可能。

居住区画。各種船室もあるが、街をまるまる納められるようなスペースもある。これは必要に応じて建造する仕様だ。

動力部。各所に縮退炉が八基あり、通常稼働については二基を稼働させれば充分なエネルギーを賄える。

中枢部。巨大なミラーボール球体が浮かんでいる部屋。マザーシップの情報管制を一手に担う、唯一替えの利かない施設。ルナベースと超時空ネットワークで接続されており、月で蓄積されたすべての情報はここを通してやり取りできる。ルナベース……については今度説明するかな。なんとなく伝わるとは思うけど。

これらの区画の移動はすべてテレポーターを使うが、聖鍵を持つ俺はこれを使わなくても施設内を自在に瞬間移動できる。

マザーシップには各種オートボットが無数に配備されているが、有機生命体はただの一つも存在しない。当然、俺がいるときを除いては。

まだ説明してない部分もあるけど、概略だけで充分だろう。もちろん、これらの兵装・施設は聖鍵を持つ俺だけが操作できる。ゲスト権限を与えれば他人にも一部開放できるが、今のところは必要ない。なお、これだけ規格外なマザーシップだが、聖鍵から起動できる最強の兵器というわけではない。あくまでアースフィアの一番近くにある中継基地兼橋頭堡《きょうとうほ》という位置づけだ。

超宇宙文明とやらが、なんでこんなものをアースフィアに派遣しているのか、聖鍵のマニュアルにはなかった。必要ないのか、ブラックボックス化されているのかは、まだなんとも言えない。いったいどういう運命の導きで聖鍵が俺の手に入り、俺だけに扱えるのか。予言とは結局なんなのか。こんな当たり前の疑問にすら説明はない。

確実に言えるのは、これらはあくまで道具であり、兵器であるという点。使い方次第で、俺は文字どおり神として君臨することもできる。気が向けばアースフィアを完全に破壊してしまうことさえ朝飯前だ。自分でも恐ろしい。核ミサイルのスイッチを、ポケットのなかで口笛混じりに弄《いじく》り回《まわ》している状態と言っていい。

一応は俺が命令しない限り、自動防衛システムの発動を除いて、兵器が暴走したりすることはないらしい。逆に言うとすべての責任は聖鍵を持つ俺に集約されている。決して思いつきなどで、みだりに使ってはいけないシロモノだということだ。今のところ、魔王を倒す以外の目的でアースフィアに干渉しようという気はないが……正直、俺の気が変わらないことを願うばかりだ。

『アキヒコ様！　アキヒコ様！』

艦内のマイクがリオミの声を拾ったようだ。範囲転送先はデフォルトの設定で俺がブリッジ。他の有機生命体がだだっ広いだけの倉庫区画となっている。いかんいかん、すぐに行ってあげなくては。

「もう大丈夫だ、リオミ」

艦内の転送装置は便利だ。突然現れたので護衛兵たちを驚かせてしまったが。一方、リオミは俺の姿を認めると一目散に飛んできて……って、え？

「ぐっはあ！」

リオミは俺に抱きついて、そのまま床に押し倒した。

「よかった！　アキヒコ様、よくご無事で‼」

いてててて。こんなことなら重力装置は切っておくんだった。役得のはずなんだけど、リオミのはちょっと激しすぎるぞ。

ひとしきり感動の再会を済ませた後、みんなをブリッジに集める。

「これが聖鍵の力だ」

リオミたちに、俺はたった一言で説明を済ませた。ファンタジー世界の住人である彼らに聖鍵からもたらされた知識を理解できるとは思えなかったからだ。とはいえ一応クレーター付近で「逃げおったな！」とか叫んでいる巨人の映像も見せて、ヤツから逃げおおせたことも端的に伝えた。

「それにしても、窓の外の光景はいったいなんなのですか？　夜空のなかに一つだけ、大きくて蒼い……とてもきれい。あれは……」

「アースフィアだよ。キミたちが住まう大地だ」

不思議そうにつぶやきながら見下ろすリオミに、俺はあっけらかんと答えた。

「大地が丸い⁉　ばかな、有り得ん！　それでは我々はどのように立っているというのだ‼」

護衛兵の一人が叫び散らしながら足を持ち上げたり、床に手をついたりしていた。アースフィアでは天動説が一般的なのか。ガリレオはまだ現れていないんだな。まあ、信じるかどうかは各個人に任せればいい。

「大地が丸いなんて。知りませんでした！」

リオミあたりは俺の言葉っていうだけで、無条件で信じてくれちゃってるし。将来、悪い男に騙されないか心配だ。

「でも、あんなに小さいということは遠いんですよね。私たちは帰れるのですか？」

「うん。聖鍵を使えばいつでもお城に帰れるよ。安心していい」

俺が胸を張って確約すると、リオミの瞳がキラキラと輝いた。

「なんというか、私……もう、言葉がうまく出てきません。アキヒコ様、凄すぎます」

「あはは……凄いのは聖鍵であって俺じゃないのが悲しいところだけど」

俺が本心から言っているのに、リオミは謙遜と受け取ったのかブンブンと首を横に振った。

「いいえ、そんなことありません！　聖鍵をこんなふうに使いこなしてるんですから。それで……これから、どうするのですか？」

「うーん」

あの巨人から逃げることだけ考えてたからな。どうするかとか、まだ全然考えてなかった。俺の役目からすると、聖鍵の兵器を使って魔王を倒しにいくべきなんだろうけど……たぶん、赤子の手を捻《ひね》るより簡単だよな。魔王軍にどれだけの戦力があるか知らないけど、聖鍵が用意できる無尽蔵の兵器群を相手にできるとは、とても思えない。無限の戦力を持つ疲れを知らない機械が相手では魔王軍に限らず、アースフィアのいかなる国家であっても勝てるわけがない。勝負にもならないだろう。

……いや、魔王を倒すだけなら、そこまでしなくても簡単な方法があるんだ。このマザーシップの主砲……ホワイト・レイは、魔王城を含む周辺地域をまるごと地上から消し去るだけのスペックがある。ちょっとした小島ぐらいなら、地図から削除する程度、造作もない。クレーターのときには遠隔起動であの巨人に発射することを検討した。そしたら聖鍵経由でシミュレーション映像が脳内に流されたわけだが……まあ俺の反応からしてどうなったのかは察してほしい。

ふーむ。ここはリオミの好きなアレで占ってみるか？

「リオミ。もう一度、予言詩を唄ってみてくれないか？」

もちろん笑顔で唄ってくれた。歌声に聞き惚れる。おかげで方針が定まった。あとは確認。

「魔王城の付近に、人間が住んでいる場所があったり、人質にとられている人とかはいないか？」

「あの地は闇の瘴気《しょうき》が濃くて、人間が入りこんだら五秒ともちません。私が予言成就の大宣言をしてからは、誰も決して近づかないよう厳命されています」

リオミが神妙な顔をしている。決まりだな。

「よし……だったら今から魔王城を消し飛ばす！」

「「「「ええええええええ⁉」」」」

周囲のどよめきを無視して、俺は艦長席の台座に聖鍵をぶっ刺した。

——聖鍵、起動。

「主砲チャージ開始。目標、魔王城！」

「なにが始まるんです⁉」

リオミの悲鳴にも近い叫び声がブリッジに響く。そのセリフを言われちゃ、ヲタクの俺としちゃこう返すしかない。

「大惨事大戦だ！」

——エネルギー充填、一二〇パーセント。縮退炉八基、正常に稼働。いつでもいける！

「『蒼き星よりきたる勇者。闇よりいでし魔王を消し去る。魔を極めし王女が導き現れる。その名をアキヒコ。天からの贈り物、聖なるケンで光を降らす』……か」

正しき意味に置き換えて、予言詩を反芻《はんすう》する。予言詩が口伝ゆえに、俺は聖剣なんぞに期待してしまった。唯一、未達成の一節に従う。

「予言の勇者……三好明彦の名の下、今ここに！　聖なる鍵《けん》にて光を降らす！　ホワイト・レイ――発射！」

マザーシップの下部、主砲発射口から宇宙の漆黒を開闢《かいびゃく》する一閃《いっせん》が奔《はし》り、アースフィアに向けて吸いこまれていく。ホワイト・レイの白き輝きは大気圏で減衰することなく、魔王城に降り注いだ。三十四秒間のレーザー照射。後に聞くと、アースフィア各地で光の柱が観測されたという。

こうして。アースフィアを支配せんとする魔王軍に対し、聖鍵指揮下にあるSF兵器を駆使した俺の戦いとやらは、始まってからたったの十五分で終結。魔王は城と周辺半径三十キロメートルの大地もろとも、世界から姿を消した。

第二章 旅立ち

「ここが本当に魔王城のあった場所なんですか……？」
「ああ、この座標で間違いないよ。とはいえ……景色は随分変わったろうけどね」
リオミのつぶやきに頷《うなず》きながら、あたりをぐるりと見回した。魔王城跡地は見事になにもない。見える範囲にはひたすらまっ平らな焦土が続くばかりで、周辺に生息していた魔物も光のなかに消え去っている。

ホワイト・レイ照射完了後、俺はすぐに偵察用ドローンを魔王城のあった座標に派遣し、状況を確認させた。人体に有害な瘴《しょう》気《き》もきれいに吹っ飛んでおり安全確認もできたので、リオミたちとともにテレポートしてきたのだ。

理由は大きく分けて二つある。一つは、魔王の消滅を確認、証明するため。もう一つは、この周辺に二度と魔王の配下や魔物を近づけない布石を打つためだ。現在、魔王城跡地に無数のバトルオートマトンを転送し続けている。こいつらはメンテナンスフリーだし、可動用のエネルギーはマザーシップから無尽蔵に供給可能なので半永久的に展開できる。魔物の類《たぐ》いを攻撃対象にするよう設定しておけば隊伍《たいご》を組んで包囲、殲滅《せんめつ》してくれるはずだ。

いずれここには要塞モジュールを投下して、生き残りの魔物どもを駆逐する拠点を構築しよう。

そうすれば、より強力な地上用兵器の運用も可能になる。

「《しめおろす星よ、わが地を照らせ。マッピング》」

リオミが魔法を唱えた。やっぱりきれいな声だと思う。詠唱は唄の次ぐらいに素晴らしい。

「確かに、ここは魔王城のあった場所のようです！」

俺の言葉に半信半疑だった護衛兵たちが、リオミの言葉には「おお！」と歓声を上げる。ですよねー。

「本当に、魔王は斃《たお》れたのですね！」

「うん、間違いない」

喜ぶリオミに自信満々に頷き返した。

調査によれば、この周辺に生命反応はない。マザーシップから観測した情報でも魔王がテレポートした反応は確認できなかったが、一応ドローンから気になる報告はあった。赤い影が南に飛んでいったというのだ。慌てて魔王のデータと照合したところ一致しなかったので、追跡を打ち切り衛星による監視をつけた。

とにかく魔王は消えたのだ。予言詩に唄われるとおりに。

「アキヒコ様！」

うぉっし、ばっちこーい！　さすがに今回は備えてたから、押し倒されることはなかったぞ！

「今日はなんだかもう、感動しっぱなしで……胸がいっぱいです」

護衛兵たちも口々に俺を讃《たた》えてくる。嬉《うれ》しいことは嬉しいが、別に自分の力というわけではない。聖鍵《せいけん》が優秀なだけ。正直複雑な気分だ。あまりにも簡単に事が運びすぎて、実感もほとんどない。

「その……アキヒコ様。今すぐ城に飛べますか？」

「でででできるけど」

俺の胸のなかで上目遣いとか、マジやめれ。惚《ほ》れちゃうから。

「魔王が本当に斃れたのなら、きっと……」

リオミがそうつぶやいて故郷、遠くロードニアの方角を眺めた。

リオミのリクエストに応え、俺たちはタート＝ロードニアに帰還する。なにやらリオミがそわそわしているのでなにかと思ったけど、理由はすぐにわかった。

「そなた、まさかリオミなのか！」

「ああ、リオミ！」

「お父様！　お母様！」

城の謁見の間。王と王妃と思われる二人がリオミと抱き合って喜ぶ。どういうことだろう？　って、二人とも若いな！　二十代そこそこにしか見えないぞ。王妃に至っては、リオミのお姉さんにしか見えん。驚いていると、王と王妃がおおらかな微笑《ほほえ》みをこちらに向けてくる。

「そなたが……アキヒコか。魔王を倒してくれたのだな」

「は、はあ」

「おかげでわたくしたちにかけられた石化の呪いも解けたようです。どのような言葉で感謝を伝えればいいのかわかりません」

なんだってー!? そんなの全然聞いてなかった。そうか、王様たちが俺の召喚時に現れなかった理由って……そういうことだったのか。

そうと知ってればリオミを魔王城跡なんかに連れていかず、城に直行してあげたのに。ともあれ、魔王の滅びは石化の解呪でいよいよ確定だ。

「今宵《こよい》は宴《うたげ》だ。民にも余の姿を見せ、魔王が滅びたことを伝えねばな」

「はい、お父様!」

「ですがあなた。今はリオミとの再会を喜びましょう」

これ以上、感動の再会の邪魔をしちゃいけないな。そう思って謁見の間から出ようとしたとき、リオミの嗚咽《おえつ》が聞こえてきた。なんとなく足を止めてしまう。

「……お父様、お母様……わたし、頑張りました。お二人が石になってしまってから十年、アキヒコ様を呼び出せる魔法使いになるために、頑張って、頑張って、頑張りました。だから……ぐすっ……」

リオミ……。

俺はなんかもう、それ以上見てられなくて、謁見の間からひっそり出ようと試みる。家臣たちは、親子の再会にもらい泣き。誰も俺を気に留めない。あ、メイドさんが気を遣って、扉を開けてくれたぞ。と思ったら、俺といっしょに通路についてきた。

「王女は、自分が予言詩に登場する『魔を極めし王女』になるために、政務をこなしながら血の滲《にじ》むような努力をされてきました。すべてはこの日のために」

「ああ……うん。よくわかったよ」

――……。

――……。

――……なんで逃げたんだろ、俺。

――……。

――……よく、わかんねぇ。

「一介の侍女にすぎないわたくしですが、ずっと王女の補佐をして参りました。お礼をさせてください」

メイドさんに引っ張られていく。頭がガンガンと痛くなって全然思考が回らなくなる。それから先のことは、よく覚えてない。気づいたとき、俺はベッドで目覚めた。メイドさんが疲れているように見えた俺を休ませてくれたのだろうか。脱いだ覚えもないのに、服を着ていなかった。なんか、だるい。

「なにしてるんだろうな、俺……」

呼ばれて、魔王を倒して、リオミは親と再会できて。別になにも悪いことないじゃん。なのに、なんで逃げてるんだよ。本当にわからない。ただ、あそこにいちゃいけないって。俺にはそんな資格はないって気がしたんだ。無性に、自分の存在が恥ずかしくて恥ずかしくて仕方なくなった。なぜそんなふうに感じたかの理由。それがわかったら、わかってしまったら、今度こそ俺は俺でいられなくなる気がする。

……よそう。今は、考えないほうがいい。

「お目覚めになられましたか」

ん？　さっきのメイドさんだ。部屋にいたのか。

「着替えはそちらに置いておきました。着てらした服は洗濯しておきますので」

「ありがとうございます。今、何時ぐらいですか」

「夕方の七時です。もうじき宴も始まりますよ」

こっちでも一日は二十四時間なのかな。リオミは最初から日本語を話していたし、アースフィアは地球と結構つながりがあるのかもしれない。ん、ちょっと思考力も回復してきた。

「着替え終わったら行きます」

「お手伝いしましょうか？」

「いえ、一人でやります」

丁重にお断りすると、メイドさんが一礼して退室した。用意された着替えはアースフィアの礼服だったが、てこずるほどの違いはない。聖鍵も机の上に置かれていた。一応、持っていこう。

空間収納装置《インベントリ》に入れておけば、手ぶらになれるし。

思えば、こちらの世界に来てからは、ずっとリオミといっしょだった。こうして一人になるとあらためて自分が異世界に来ているんだということを思い知らされる。

「俺はアースフィアを救った……んだよな」

ああ、救ったと言っていいはずだ。だからもう、この世界にいる理由はない。俺の役目は終わった。リオミも念願叶《かな》って両親を元どおりにできた。これからは親子水入らずの時間を作りたいだろう。だから俺は邪魔になる。そして地球に帰れば、もうリオミが俺の隣に来ることはない。それは寂しいけど仕方のないことだ。いっしょにいた時間はそれほど長いものではない。だけど、リオミの声がもう聞けないのは残念だな……。

俺はどうしたいのだろう。帰りたくないと言えば嘘《うそ》になる。まだこの世界のことをなにも知らないに等しい。はたして魔王を倒した勇者が、このままこの世界にいていいのかすらわからない。

それに聖鍵。俺がいなくなったあとの聖鍵はどうなるのか。

「この世界にいれば、俺には聖鍵があるのか」

地球にも持ちこめるかもしれないが。帰るにせよ帰らないにせよ、聖鍵のこと抜きに判断はできない。今は保留するか。

「どっちみち、パーティに顔を出さないわけにはいかないしな」

扉の外で待機していたメイドさんに、宴の会場へ案内してもらった。もう始まっていたが、問題ないらしい。聞けば俺はVIPかつスペシャルゲスト的な扱いらしく、リオミに呼ばれたら顔見世をするという段取りなんだそうだ。

扉向こうの会場から拍手が聞こえてくる。

「どうぞ、アキヒコ様。絨毯《じゅうたん》に沿って歩いて、そのままリオミ王女のいる壇上に上がってください」

メイドさんに促され、俺は会場に入った。歓声と拍手が一段と大きくなる。両サイドには貴族と思《おぼ》しき身なりの男女が列席し、俺に熱い視線を送ってくる。まだテンションの戻りきらない俺は、なんとか笑顔を作りながらリオミの待つ壇上へと向かった。リオミの姿を見ただけで、なんだか安心してしまった。同時に元気が湧いてくる。

「アキヒコ様！」

リオミの笑顔は、これまで見たなかでも最高だった。その笑顔を向けてくれるのが俺であることが、とても嬉しく、誇らしい。

壇上に上がり、彼女の隣に立った。

「あっ……」

そこで俺ははじめて気づいた。人々が俺に向けてくる笑顔が、リオミの笑顔と同じものだと。それはそうだ。魔王に苦しめられていたのはリオミだけではない。ここにいる人たちも魔王の存在によって大きな苦しみを抱えていたのだろう。俺がどれだけ自分を卑下したところで、彼らが送る感謝に貴賤《きせん》はない。俺はあなたたちから羨望を送られるような人間じゃない、と言ったところで謙虚とはならない。

「アキヒコ様。アースフィアの民は皆、ここにいる人たちと同じぐらいアキヒコ様に感謝しています」

それはリオミ一人の意見にすぎないかもしれない。でも。自分のしたことが、これほど人々に喜びを与えることになるなんて、少し前の自分には想像もできなかった。誰かに自分のしたことを喜んでもらえることが、こんなにも……こんなにも嬉しいことだったなんて。

ああ、そうなのか。聖鍵があれば、俺でも人々を、世界を救えるんだ。地球にいるときはうまくいかなくて、ずっと悩んできた。だけどここにいれば、捨てるしかないと思っていた夢が、叶うのだ。

「ア、アキヒコ様⁉」

会場に動揺が広がる。はは……、俺泣いてら。ひょっとしたら、段取りとかあるかもしれないけど、もう我慢できない。声を大にして叫ぶ。

「皆さん！　アースフィアにはもう、魔王はいません！　ですが、世界にはまだ魔王の行為によって傷つけられた人たちがいると思います。俺はその人たちを助けたい！　俺は、俺自身は皆さんと同じ、只《ただ》の人間《ひと》です。でも、聖鍵が使えます。聖鍵の力を皆さんのために役立てたい‼」

空間から聖鍵を取り出し、掲げた。

「魔王亡き後、俺はただの厄介者かもしれません。ですがどうか、今しばしアースフィアに留《とど》まることを許していただきたい！」

俺がひとしきり叫ぶと、会場は水を打ったように静まり返ってしまった。沈黙を破ったのは、「アキヒコ様！」

リオミだ。この強烈な抱きつきは、何度目だったろう。もう馴染《なじ》みのスキンシップだ。

「本当に残ってくださるというのなら、いつまでもいてください！　私たちは大歓迎です！」

「「アキヒコ様万歳！　リオミ王女様万歳！」」

会場は熱狂に包まれ、拍手が鳴り止《や》まない。

自分は全然なっちゃいない。まだ帰れない。この人たちの感謝の笑顔に、素直な笑顔を返せるまではとてもじゃないけど地球に帰るわけにはいかない。帰りたくない。

リオミに抱きしめられながら、俺は聖鍵を強く握りしめていた。


「うっま！　なにこれ、うっま！」

宴に出されていた食事は超絶うまかった。コンビニ弁当メインの俺には少々味が薄めだったけれど、素材がいいのだろうか。バイキング形式で出されている食材は、地味に地球で食べられるものが多い。

「って。これ、寿司《すし》じゃないか？　なんでアースフィアに⁉」

寿司そっくりの料理が大皿に並べられていた。コメの上に生魚の切り身がのってる以上、これが別の料理でも俺には寿司にしか見えない。とりあえず一貫、手づかみでひょいぱく。

「わさびもちゃんと入ってる！」

間違いない、寿司だ！　これ食べてると、日本に帰ったような気分になって小躍りしてしまう。

あ、話しかけようとしてくれた貴族さんたちがめっちゃ動揺しとる。ごめんなさい。ていうか俺のところへ挨拶に来る貴族の人たちもみんな流暢《りゅうちょう》な日本語を話してた。ひょっとしたらアースフィアは日本の未来の姿だったりするんだろうか？　いやいや、地球と惑星エグザイルではそもそもサイズが違う。

その後も人間観察していると、外見は皆さん日本人離れしてらっしゃるのに、全員日本語。俺のほうが逆に「アースフィア西欧語がお上手ですね」と言われてしまった。

酒も日本酒っぽいものを見かけたけど、あんまり人気がない。ほとんどの貴族はイメージどおりワインを飲んでいた。俺もどっちかというと洋酒のほうがイケる口なので、ウィスキーをロックでいただく。もちろんハイボールと唐揚げの組み合わせも外せない。

結構酔いが回ってきたので夜風にあたろうと、バルコニーに出る。この時間だと電気もない王都は真っ暗かと思いきや、街もすっかりお祭りムードでどんちゃんやっている。どこかで聞き覚えのある祭り囃子《ばやし》のフレーズが、ますます俺を懐かしい記憶へと誘う。

俺が知る異世界召喚モノというジャンルにおいて、ストーリー進行上ブチ当たる問題に言語や衣食住、文化の違いがある。駆けこめば助けてくれる警察機構は存在しないことが多いし、最近だと奴隷制度のある異世界に飛ばされるノベルもよく見かける。言語なんかは異世界の魔法による同時翻訳、なぜか英語が通じるなどで解決することもあるが、そもそも言語の違いに触れないという回避方法が一般的な気がする。

ところがどっこいアースフィアは、誂《あつら》えたように日本の要素を多く含んでいる。人々は当たり前のように日本語を公用語とし、文化がどの程度まで取りこまれてるのかはわからないが……寿司、日本酒といった食文化にまで食いこんでるとなると、偶然では片付けられない。

まるで誰かが作為的に日本の要素をアースフィアに取り入れているかのようだ。

「はは、まさかな……」

古いSFじゃあるまいし。いくら俺が聖鍵のテクノロジーが使えるからといっても、アースフィアはあくまで剣と魔法のファンタジー世界なのだ。

「これは、あれだな。俺以外にも日本人が召喚されてるパターンだろ。常考」

俺が召喚されてる以上、他に誰か来ててもおかしくない。きっとそういう人が過去にいて、寿司や日本語を広めたんだろう。聖鍵の情報にもない以上、自分をそう納得させるしかない。

もちろん、日本との明確な違いもある。

「すー……はー……」

アースフィアに来て何度目になるかわからない深呼吸をする。

この世界に来てすぐに感じたのは、空気がうまいということだ。東京から地方の山とかに登ると、空気の味の違いをはっきりと感じるんだが、それとも違う。なんというか、独特の味のようなものがある気がするのだ。これも、アースフィアにしばらく残りたいと思わせる要素の一つだった。

「アキヒコ様、こちらにいらっしゃいましたか」

「あ、リオミ」

衣装替えをしてきたのだろう。肩の出るちょっと大人びたドレスを纏《まと》い、ガウンのようなものを羽織っている。今のリオミのドレス姿は前のよりも艶があり、蠱惑《こわく》的な雰囲気を醸し出している。

有り体にいうとエロいのだが……今の俺は賢者のごとく冷静だ。なぜだ？

「魔王討伐と順番が逆になっちゃいましたけど、明日は王都を案内しますね」

「え？　ああ、うん。頼むよ」

言われてみれば、そんな約束をしたっけ。いろいろありすぎて完全に忘れてたよ。

この世界についてなにも知らないまま最短コースで魔王を消した。それでイコール世界の平和につながるわけじゃないのは理解している。ただ勇者に救われただけの世界がどうなるか。人間同士の争いが始まるかもしれないし、魔王を失った魔物たちが今までより暴れるかもしれない。戦争経済の恩恵を失ったことで、食《く》い扶持《ぶち》を失った失業者が大量に出る可能性だってある。役目を終えた俺になにができるのかは、まだわからないけど……聖鍵があれば、俺にだってできることがあるはずなんだ。

そんな俺の思考を読んだわけではないだろうが、リオミがこんなことを言い出した。

「先ほどは驚きました。アキヒコ様の口からあんな言葉が出るなんて」

「迷惑だったかな？」

「とんでもありません！　むしろ、私はアキヒコ様がすぐに帰ってしまうんじゃないかと思っていたんです」

そうだよな。勇者の役目は魔王を倒すこと。魔王を倒した勇者なんて必要ない。

「まあ、普通に考えて。俺は用済みだしね」

そう思い、別に皮肉でもなんでもなく口走ったのだが。

「そんなふうに言わないでください！」

びっくりした。

「リオミ……怒ってるのか？」

それはこの異世界に来てはじめて見る、リオミが本気で怒る顔だった。

「当たり前です！　用済みとか、軽はずみに言わないでください。他の者がどう考えていようと、私がそのように思うことは決してありません。そんなふうに言う者は、リオミ＝ルド＝ロードニアの名にかけて絶対に許しません。だから、あなたが自分で自分のことを用済みだなんて、言わないでください！」

リオミにとって、予言に登場するアキヒコという存在は絶対の救世主。両親を救う唯一の希望。十年、だったか。まだ子供だったろうに、ずっと予言を信じて、頑張ってきたんだもんな。それを当の勇者に否定されたんじゃ、怒るに決まってる。失言だった。

「ごめん」

「いえ、すいません。私も言いすぎました……」

よほど俺が落ちこんでるように見えたんだろうか、リオミも顔を伏せる。

「アキヒコ様がこの世界に残ると言ってくれたとき、安心したんです。だから」

「……ったんだ」

「はい？」

俺の言葉は風に消されて届かなかった。

「はじめてだったんだ。自分のしたことを誰かに喜んでもらえたこと」

「…………」

まずい、リオミが凄《すご》く悲痛な顔して黙りこんじゃった。ムードがますます暗くなっていく。俺もそろそろこの現状を脱却しないとダメだ。ここからの景色を見てたら、ちょっと思いついたことがある。実行しよう。

「見てて」

俺は聖鍵を取り出し、いくつかの命令を送信した。リオミに街のほうを眺めるよう促す。

「なにをされたんですか？」

「すぐにわかるよ」

そう言って、バルコニーにもたれかかり、俺も肩越しに街のほうを見上げる。……お、きたきた。

城壁に沿って、哨戒《しょうかい》ドローンが次々に転送されてくる。警邏《けいら》に使うための兵器だが、今回は本来の用途とは違う運用だ。哨戒ドローンは王都を囲む城壁の上で等間隔に整列し、王都内側に向けて四十五度上方へサーチライトを照らす。情緒もへったくれもない大光量ライトだが、空に伸びるいくつもの光条は、王都を昼と同じ明るさにするのに充分だった。

「わあ……」

リオミが感嘆の吐息を漏らす。さらにドローンはライトを左右ランダムに振って、遊園地のアトラクションのように、王都の空を演出した。王都の人々も不思議そうに空を見上げているが、俺の出した指令はこれだけに留まらない。

——時間だ。

地平の向こう側から、煙を引いた輝きが空へと上っていく。星々の闇の間に吸いこまれたかと思うと次の瞬間、大きく花開いた。数秒遅れて爆音と振動が王都を揺らす。

プラズマグレネイダー。本来は間接砲撃用で、着弾と同時に半径百メートル以内の敵を融解する兵器だが、今回は着弾地点調整用の推進装置を全開バーストして、上空で爆発するようタイマーを調整させた。花火代わりである。もちろん進路及び範囲内に有機生命体が存在しないことは確認済みだ。

時間を置いて何発か発射させた。人々がパニックにならない程度に間隔を置く。何事かと窓やバルコニーに集まる貴族の皆さんに向かって、俺は自分がやらせている旨を伝えた。

「話には聞いていたが、随分とでたらめな力なのだな」

王様だ。あ、ちょっと怒ってる。

「勝手に始めてしまって、すいません」

「いや、よい。今から民にも敵の攻撃ではないと伝える」

王様が隣の魔術師と思《おぼ》しきローブの人に何事か伝え、自分になんらかの魔法をかけさせた。リオミと違って、詠唱を歌ったりはしないみたいだ。仕組みが違うのかもしれない。

「わが民よ」

王様の声が大音響で聞こえた。なるほど、こうして王都中の人々に声を聞かせるのか。

「今宵は聖鍵の勇者殿の計らいで、そなたたちが見たこともないような魔法の数々を披露してくださるとのことだ。存分に楽しむがよい」

こうして王様のお墨付きをもらった後、俺はいろいろ試してみた。敵性設定を省いたバトルオートマトンを広場でグルグルと回転させて踊らせたり、圏内戦闘機にアクロバット飛行をさせたり、マザーシップからヒュプノウェーブ・ブラスターを照射して人々に陽気な幻を御覧いただいた。戦略爆撃機でお菓子の雨でも降らせようかと思ったが、あいにくとマザーシップ生産プラントは稼働させていなかったので用意できなかった。これを機に動かしておこう。

「アキヒコ様！」

ふんぬ、とへその下、丹田に力を込める。リオミのハグは気合を入れないと、バルコニーから転落しかねない。

「素敵な日にしてくれて、本当にありがとう。これはお礼です」

ちゅっ。はう。ほっぺにキスされた。俺のなかで賢者が「ばかな！」と叫んで憤死する。

「……続きは今度、ね？」

らめえええええ！　続きがあるとか言っちゃらめえええ！　不潔です。フシダラです。不純異性交遊です。お兄さんは許しませんよ。お父さんもきっと許さないよ。

え、王様どうしてそんな悪い笑顔をしてるの。王妃様も王様にしなだれかかって「今夜はわたくしたちも」なんてのたまってらっしゃるの。

あ、ヒュプノウェーブ・ブラスターの照射位置がずれた。

俺たちは全員催眠状態になって、長い夜をなにも考えずに楽しく過ごした。


狂乱の宴の後、俺はメイドさんに連れられて部屋に戻った。メイドさんは、なかなか部屋を出ていこうとしない。なにか指示を待っていたようだが、やんわり出ていくように伝えると退室した。なんで残念そうな顔をしてるんだろう。チップが必要だったんだろうか。この世界の文化も謎が多い。勉強しないと。

明日はリオミが王都を案内してくれることになっている。さっさと寝ようと思うのだが、今日は一度眠ってしまったためか、なかなか寝付けない。

今日だけで、いろんなことがあった。リオミと出会って、アースフィアに召喚され、魔王軍の幹部と一悶着《ひともんちゃく》あって、聖鍵を抜いて、魔王を消し飛ばして、さっきの宴だ。

怒濤《どとう》のイベントラッシュだったわけだが、リオミ視点で考えると召喚当日に魔王が消えて両親が助かった最速のハッピーエンドということになる。

正直、魔王を速攻で倒すことでなんらかの弊害があるんじゃないかと危惧していたのだが、リオミが幸せなら他は大した問題ではあるまい。なにしろ好感度マックスのヒロインなのだ。大事にせねばなるまい、うん。

こんな夢を見た。

勇壮な帝国マーチが流れるなか、俺は漆黒の生命維持装置つきスーツを着てしゅこーしゅこーと呼吸している。マザーシップにリオミを捕らえて、あーんなことやこーんなことをする。そこになぜかあの巨人が乗りこんできて、俺は光の剣を抜き……。

といったところで目が覚めた。脇にメイドさんの洗濯してくれた服が置いてある。いそいそ着替え、洗顔、歯磨きを済ませた。なんの違和感もなく使っていたが、水道施設はもちろん、歯ブラシも完備されていた。やはり、現代日本の文明の利器が活躍している。トイレも水洗でトイレットペーパーもあったが、もはや驚くに値しない。中世風の世界を装っているが、文明レベルは極めて高いようだ。タート＝ロードニア以外の国はどうなんだろう？

メイドさんの案内で朝食の場へ向かう。俺はどうやら王族と同じ扱いらしく、王様、王妃、リオミといっしょに食事を摂《と》った。会話は普通の雑談で、まるで俺を家族のように扱ってくれる。リオミが女王になっても、跡継ぎは安泰だとか言い出す王様。リオミが赤面しているが、話の流れがさっぱりわからん。ひょっとしたら婿養子の候補でも決まったのかもしれない。

「お父様のおっしゃっていたこと、気にしないでくださいね！」

「お、おう」

城下町に出たリオミはなにやら必死に弁解していたが、俺はこくこくと頷くしかない。昨日クレーターに向かったときと同じ馬車に揺られる。あのときいっしょに転送しておいたから、破壊されずに済んだんだっけ。

リオミは甲斐甲斐《かいがい》しく王都の設備や観光スポットについて話してくれた。馬車を降りて、王族御《ご》用達《ようたし》のお店でショッピングしたりもした。お付きの人や護衛の人は最低限いるんだけど、これって普通にデートだよな。昨日よそよそしかった護衛の人たちは、今日は俺に対して最敬礼してくる。やはり王族扱いだ。

「あー、なるほどね」

さすがにここまで続くと、鈍い俺でも気づく。あの王様、俺を囲いこむつもりだ。きっと朝のうちに指示を出しておいたんだろう。

なにしろ俺は、百年も君臨していた魔王を倒した勇者だ。国に取りこむメリットは計り知れない。これはいずれ、リオミと俺が婚約すると民たちの間で噂《うわさ》が流れ、退路を塞がれるだろう。なし崩し的に結婚、俺はゆくゆく王配となる。リオミと結婚するのはやぶさかじゃないけど、正直政治の道具にされるのはなぁ……。

石化してたおかげで王様は若い。治世は長く続くだろう。甘い汁を吸わせてもらえるかもしれないが、俺が権力を握るのは随分先のことになるんじゃなかろうか。

どっちにせよ政治は専門外だ。なにか先に手を打っておかないと、動きが取りづらくなる。いつまでもこの国にいるわけには、いかないか。

「アキヒコ様……あまり、楽しくないですか？」

「あ、いや、そんなことないよ。ちょっと考え事をしてただけ」

「…………」

しまった。リオミの話を聞いてなかった。な、なにかフォローしないと。

「リオミのことを考えてたんだ」

「わ、私のことを……？」

嘘というわけじゃない。ごめんよ、リオミ。俺はサイテーだ。

「実は、旅に出ようと思ってて」

「えっ」

とっさに出た言葉だが、これは普通にありだろう。聖鍵の力は一国に所有させるべきものじゃない。俺は、いつまでも同じところに留まっていてはいけないのだ。

「そうすると、リオミとは別れることになるね」

心を鬼にしなければならない。リオミの隣は居心地がいいけど、恋とは違う気がするんだ。妹っていうのとも違うけど、大切にしたい人だと思う。リオミはもっと、両親と多くの時間を過ごすべきだ。

「この国に留まってはくださらないのですか？」

リオミ必殺の上目遣いだが、今回ばっかりは袖にしないといけない。俺は背を向けて回避する。

「聖鍵の力は大きすぎる。やがて、この国に災厄を呼びこむかもしれない」

これも、やはりないとは言い切れないだろう。聖鍵のマニュアルでは俺がやらかさない限りは大丈夫みたいだが、知らない情報が秘匿されてる可能性はある。昨晩の宴で俺が操作をミスることがあると図らずも証明してしまったしな。それがホワイト・レイ誤射とかだったら、目も当てられない。

「お願い。いかないで」

リオミが背中にぴっとりと寄り添ってくる。そのぬくもりに、心が揺れる。自身に向けられる無《む》垢《く》な好意に、頭がクラクラしてくる。ゼンだ。ゼンの心を思い出すのだ、三好明彦《みよしあきひこ》よ。暗黒面にとらわれてはならぬ。

「大丈夫。リオミのところには、いつでも会いにいけるから」

ああ見えるぞ、俺にも刻《とき》が見える。これ以上、後ろ髪引かれる想《おも》いに耐えられない。リオミを振り切って、前に歩き出す。そっと振り返るとリオミが胸の前で祈るように手を合わせ、潤んだ瞳で俺を見つめている。

王都の真ん中を横切る大河の橋の上で、俺たちは見つめ合った。

「王様と王妃様によろしく。リオミ、キミとの時間はとても楽しかった。どうか達者で」

そう言って空間から聖鍵を取り出すとリオミが目を見開いて、こちらに駆けてくる。俺の意図に気づいたのだ。

「アキヒコ様、ダメ！」

俺は手を上げ、リオミに微笑んだ。

――聖鍵、起動。対象、三好明彦。転送先、マザーシップ中枢。

空気が変わる。アースフィア独特の、心地良い大気が二酸化炭素として排出され、無菌洗浄されたマザーシップの無味乾燥な酸素が、俺の肺に取りこまれる。

この空気は、好きじゃない。

「うっ、く……」

中枢ミラーボールの輝きの前で、俺はひざまずく。結構、きつい。転移酔いじゃないよな、これは。胸が締め付けられる。まるでぽっかりと穴が空いたようだ。隣が決定的に足りない。出会ってまだ一日だというのに。あの笑顔が恋しくて懐かしくて仕方ない。

必死に首を振った。つらい気持ちを振り切って、俺は聖鍵をミラーボール前の台座に差しこむ。

マザーシップの情報管制システムは、ルナベースに直結している。アースフィアすべての情報を保存するには、容量が足りないからだ。どういう目的なのかは不明だが、マザーシップは観測した情報のすべてを月のデータベースに蓄積しているのだ。聖鍵にはマニュアルがインストールされていたが、搭載されている情報検索能力がデフォルトだとオフラインになっている。

これを、設定変更する。

ルナベースに蓄積された情報をすべて取りこむのは自殺行為だ。俺の脳が焼き切れる。だから、必要に応じて情報を検索し、調査可能なように聖鍵を超時空ネットワークに接続する。これによって聖鍵が本来のスペックを獲得できるのだ。アースフィアについて気になったことを、マザーシップ中枢を経由して、ルナベースに蓄えられた情報の宝庫から調べることができる。

つまり、アースフィアについてググることができるようになるのだ。

リオミから基礎的な知識はある程度教えてもらった。あとはそれを取っ掛かりに、自力で調べることにする。まずは、魔王がいなくなったあとのアースフィアについて情報を集めなくてはならない。

――調査ドローンをアースフィア全土に派遣。魔物に関する情報を調査、報告せよ。

マザーシップによる観測だけではなく、実際にドローンを派遣して生で見た情報も加える。早速報告されてくるデータを吟味し、目を通していく。この作業に没頭すれば、すべて忘れられる気がして、夢中になって情報を集めた。

ふと。俺は、親父《おやじ》が言っていたことを思い出していた。仕事をしている間は、嫌なことを忘れられる、だったか。信じていなかった。仕事なんて、つまらないものだと。働かないことこそ至高だと。

今の俺は……親父の言葉はこういうことだったんだなと実感しながら、意識を情報のプールに埋没させていく。

リオミと別れてから最初の朝を迎えた。

アースフィアの情報をピックアップしていくと、いくつか傾向が見えてくる。魔物が凶暴化している場所と、逆に一切人を襲わなくなった場所がある。これは魔物本来の気性に起因するものと思われる。逆にそのおかげで、人間同士の争いがすぐに始まるといった気配はないようだ。

魔物が凶暴化した地域には、バトルオートマトンを送りこんでおく。当該の魔物だけをターゲットに設定。手に負えないようなら別の手段を考えればいい。とりあえずは定時で撃退数と損耗率をマザーシップに報告するよう指令を出した。報告を聖鍵直通にしなかったのは、いちいち脳内に報告がポップアップされると面倒だからだ。

アースフィアについての一般的な情報も、少しずつ学ぶことができた。あるだろうと思って真っ先に検索したキーワードは「冒険者ギルド」。冒険者はファンタジー世界におけるなんでも屋。当然のように検索にヒットする。アースフィアのファンタジー世界観がリアル寄りじゃない以上、ここは外さないと思っていた。ついでにギルドが凶暴化した魔物について動いているか調べたが、まだそれほどアースフィアに凶暴化の情報が伝わっていないようで、魔物退治の依頼はそれほど増えていない。

アースフィアの情報を調べていて最も気になったのは、魔王がどのように現れたかについての情報が秘匿されていた点だ。これは魔王について情報がなかったというわけではなく、ルナベースへの情報アクセスが不可能だったという意味である。情報の閲覧に権限レベルが設定されていて、聖鍵を持っているからといって、すべての情報が見られるわけではないらしい。特に超宇宙文明についてや、マザーシップがここにいる目的についてなどは一切わからなかった。情報閲覧レベルを上げるには、聖鍵を長い時間所持し続ける必要がある。これればかりは、今すぐに解決する方法がない。

それにしても、魔王のルーツについての情報が閲覧できないとは思わなかった。魔王が出現したのは、おおよそ百年前。これは魔王として活動を始めた時代の話であり、魔王がどこで生まれどこで育ち、いかにして魔王となったかについては、一切の情報を開示してもらえなかった。

ちなみに魔王の名前はザーダスという。倒してから名前を知ることになるとは、苦笑するしかない。

そういえば、リオミがザーダスという名前を言っていた気がする。あの巨人が出てきたときだ。気になって「ザーダス　幹部」をググる。そうだそうだ、「ザーダス八鬼侯《はっきほう》」だ。

さらに必死に巨人の名前を思い出して入力する。「ゴズワルド」違う。「ゴズランド」これも違う。「もしかして：ゴズガルド」それだ。さすがはルナベースだ。

・ゴズガルド
ザーダス八鬼侯の第四位。巨大なハルバート、ブラキニスを振るう猛将。二つ名は無双巨人。巨人族の出身であり、その体軀《たいく》は七～八メートルほど。巨人族としては小さいほうであり、氏族では虐げられていた。鬱屈した憎悪を心のなかで育てていたが、あるとき魔王ザーダスに見《み》出《いだ》され、傑出した才能を示す。

以後ザーダスに多大な恩義を感じ、魔王のために戦ってきた。武人と呼べる漢《おとこ》。魔王の命令で聖剣を抜く前の勇者を倒すはずだったが、聖剣を抜いた勇者と戦いたいという欲求に抗《あらが》えず、聖鍵を抜くことをみすみす許してしまった。その結果、主君と仰ぐザーダスは無残にも光のなかに消えることとなった。

その悔恨から勇者明彦を倒さねばならぬと考えるようになり、明彦を倒すのは自分だと宣言して憚《はばか》らない。

また、特殊能力として――

な、長い。とりあえずここまでにしとこう。

閲覧した情報はウィキペディアのような情報をまとめたところだったのだが。ここまで詳細な設定が出てくるとは。凄い。凄すぎるぞルナベース。

つーか、俺あいつに恨まれてるよ。当然か。「ゴズガルド　今どこ」と検索すると、ヤツの現在位置が一発でわかった。超宇宙文明、鬼すぎる。一応衛星監視もつけておき、いつどこにいるかわかるようにマーキングしておいた。無闇やたらに人を襲うようなヤツではなかったし、今は監視に留めておく。

今度は「ザーダス八鬼侯」を検索。ああ、出てきた出てきた。結構入れ替わりの激しいメンバーだったようだが、ここ数年は固定だったようだ。魔王討伐前の最終メンバーの情報を確認する。

・ディオコルト
ザーダス八鬼侯の第八位。魔王軍で最も美しい顔、最も醜い心を持つ男。二つ名は妖艶魔卿《きょう》。

魅了系の能力に秀《ひい》でており、あらゆる女性にとっての敵。現在位置不明。


むむ、こいつは殺したい。爆発せよ。現在位置不明か。判明次第、報告するようにセット。おまえだけは手ずから殺す。

・ヴォイエルト
ザーダス八鬼侯の第七位。無機物を溶かすレッドスライムと有機物を溶かすブルースライムの融合体。魔王によって創造された。二つ名は無形大公。

しゃべることはできないが、テレパスによる意思疎通が可能。しかし自分のなかに獲物を取りこみ、吸収することしか考えていないため、あまり意味がない。その特性上、物理的手段によって倒すことができない。普段は地下を移動していて、必要に応じて魔王に召喚され、かの存在を護《まも》る。


地下を移動しているとなると、超宇宙文明の捜索方法の特性上、すぐに捕捉するのは難しいな。

いずれ、対策を練らないと。

ん、次はこれか。

・オーカード
ザーダス八鬼侯の第六位。ただのゴブリンから上り詰めた叩《たた》き上《あ》げで、魔王の側近。二つ名は魔術参謀。

かつて人間に虐げられていたところを魔王に危機を救われて以来、あらゆる尽力をして呪言魔術を極めた老人。魔王に匹敵する魔力を持つ鬼才だったが、ホワイト・レイにより消滅。

城にいたのか。じゃあ、ひとたまりもあるまい。さらば魔術参謀。

・ダイカンド

ザーダス八鬼侯の第五位。無機物の主。二つ名は移動城塞。その正体は二つ名が示すとおり魔王城そのものであり、巨大なゴーレムに変形した姿がダイカンドである。

当然ホワイト・レイによって跡形もなく消えている。

クソワロタ。あの城も幹部だったのか。

第一位から第三位までも調べたが、正体不明だった。魔王城にいたなら、おそらく魔王といっしょに消滅しているはずだが、ちょっと不気味ではあるな。

「ま、こんなところか」

情報はひとまずこれぐらいでいいだろう。早急に対処すべき魔物の凶暴化についても、即応できる体制が整った。一息つこう。

「今日の飯はなんだろなっと」

食堂に転移する。ここで固定配置されたオートマトンにご飯を頼めば、日替わりのプレートがもらえる。個別の注文をすれば、好きな料理を作ってもらうこともできる。アースフィアで日本食が食べられたので寿司を頼んでみると当たり前のように出てきた。回らない寿司というメニューらしい。結構うまかった。

生産プラントに寄ってみた。ここでは穀物、野菜はもちろんのこと、畜産もオートでやっている。食堂で出てくるご飯は、ここで生産されたものを利用している。数日前まで稼働していなかったというのに、もう作物が実ってるっていうのは、ちょっとコワイ。特に牛とか豚は、キャトルミューティレーションしてきたんじゃないかと心配になった。

ヘルプで確認してみたところ、アースフィア各所に点在する地下拠点で生産されたものをプラント稼働と同時に取り寄せたらしい。農民の皆さんにご迷惑をおかけしたわけじゃないとわかり、ほっとする。

そういえば、子供に配るお菓子も作らせ始めたんだった。いくつか試食してみたところ、日本で食べてたレベルと寸分変わらないものをいただけた。一番びっくりしたのは、きのことたけのこがあったこと。戦争反対。

続いて工業プラントを視察する。ここでは地上における主力ユニットの一つ、バトルオートマトンが量産ラインに乗っている。形状は円筒に四つの脚がついているだけのシンプルなもの。移動手段はローラーダッシュ。局地戦用にホバーレッグに換装できる。武装は9ミリマシンピストルが二門、40ミリグレネードランチャーが一門。こいつは地上の拠点でなくともマザーシップで量産でき、なおかつすぐに送りこめるので斥候としても重宝する。一機ごとの性能はぶっちゃけ大したことないが、短時間で大量生産可能、どこにでも大部隊を送りこめる。補充も楽だから、損耗を気にすることなく使える気軽さは素晴らしい。

もう一つの主力ユニットはドロイドトルーパーだ。SFモノの括《くく》りでいうロボット歩兵である。

武装は標準だと手持ちのレーザーカービンのみだが、基本的に手で装備できるものならなんでも使える。バトルオートマトンに比べると展開速度に難があるが、隊伍を組んで前進させれば弾幕で何者も近づけなくなる。ただしバトルオートマトンと違ってメンテナンスフリーではないため、地上に配置してある各拠点や、魔王城に投下したような要塞モジュール付近にしか配置できない。緊急展開させる場合はキャンプシップを使えば一隻につき五十機を投入できる。

主力というほど数を揃《そろ》えられないが、単体で強力なセントリーボットというユニットもある。ずんぐりとしたボディに、四脚ローラー。腕部は固定武装になっていて、ガトリングレーザーとミサイルランチャーを装備。武装の変更はできないが、大抵の魔物は一瞬で溶けるはずだ。特筆すべきは装甲の厚さで、戦車砲の直撃に一発は耐える。レッドドラゴンのファイアブレスでさえ、そう簡単には融解しない。俺の護衛に連れていくのに最適かと思ったのだが、その場合はミサイルランチャーの爆風に巻きこまれないよう注意する必要がある。メンテナンスフリーであり、長期の任務に耐えるのはいいのだが……コイツには致命的な弱点がある。背部のコントロールユニットを破壊されると制御不能になってしまい、誰彼かまわず襲いかかる殺人マシーンと化すのだ。それゆえに迂《う》闊《かつ》に投入できないのが残念である。

個体戦闘力に最も秀でているユニットは、メタルノイドだ。これはロボットというよりも人に扮《ふん》したアンドロイドで、非常にタフなのが特徴だ。標的を設定すると敵をどこまでも追跡し、絶対に諦めることがない。文字どおり、死が二人を分かつまで、絶対に止まらない。どうやら超宇宙文明は元知事の出演していたハリウッド映画もチェックしていたようだ。素材から量産が難しいようだが、何機かストックがある。ディオコルトってのが見つかったら、こいつを全部送りこんでやろう。あんなヤツはさっさと死ねばいい。

さて、ここに来たのには視察以外にも用件がある。

俺の装備を作りたい。どれだけ強力な兵器を運用できても、指揮官である俺が脆弱《ぜいじゃく》では問題がある。どうやら、超宇宙文明も聖鍵を使う者がそのように考えることを想定していたらしく、いくつかのプランが用意されていた。最初になんの戦闘能力もなかったのは、使い手の好みに合わせるためだったらしい。そのせいで死にかけたんだぞ、くそ。とにかく、いつまでも安全なマザーシップでぬくぬくとしてはいられない。俺の装備は急務だ。

提示されたプランのなかから、いくつかを採用することにした。

まずは銀色の光線銃、ディスインテグレーター。丸みを帯びたデザインの拳銃だ。先端から光線を発射し、命中した相手を原子分解して、塵《ごみ》に変えることができる。安全装置として、聖鍵を持つ俺を分解することがないようになっているらしいが、さすがに試す気にはなれない。本来ならそう何発も撃てる武器ではないのだが、俺の場合は聖鍵経由でエネルギーを供給できるからコンスタントに撃てるし、軽くて俺でも簡単に扱えそうだったため、採用となった。

次にホワイト・レイ・ソードユニット。これは聖鍵のスリットに組みこむアタッチメントだ。武器として使うことができない聖鍵だが、こいつを取り付けることで刃に相当する部分に、主砲と同じホワイト・レイを発生させる。その威力は絶大で、斬れないものはほとんどない。これも自分で自分を斬ってしまわないよう安全装置がついている。とはいえ聖鍵で自分を殴ることになるため痛いことは痛い。聖鍵を武器化できるということで、これは即採用。なにより見た目が聖剣っぽくて、かっこいいのだ。

最後に採用したのは武器とは違うが、俺にとっては絶対に必要なもの。すなわち、戦闘経験だ。俺は善良な一般市民だったので、どれだけ強力な武器を装備したところで生兵法もいいところだ。

そこでこの、バトルアライメントチップの出番である。これは解析された各人物の個人戦闘のデータを詰めこんだもので、聖鍵のスリットに挿しておくだけでデータの人物の戦闘経験を得ることができる。戦闘の素人が、最強の戦士に様変わりできるというわけだ。人間の努力をあざ笑うかのような設計思想に眉をひそめたくなるが、今の俺には必要だ。さらにいちいち起動が必要な瞬間転送と違って、聖鍵を超時空ネットワークに接続しておくだけで使い手を常時強化してくれる。つまり聖鍵を手放していようが、空間収納装置にしまっておこうが弱体化の心配がないのだ。使わない手はない。

今回採用した人物は「剣聖アラム」。アースフィアにおいて最強とされる戦士の名前だそうだ。詳細はチラ見しただけだが、一番のオススメらしいのでコレにしておいた。

早速、アースフィアに降りて実験を試みることとする。弱い魔物が一匹でいる場所を検索、その付近の座標に跳ぶ。今回の標的はゴブリンだ。突然現れた俺に驚いている。すぐさまディスインテグレーターを発射。命中。哀れゴブリンは塵となった。うん、聖鍵の補助があるおかげか、照準も凄く楽だ。重くないし、使いやすい。これはいいものだ。

次の標的に跳ぶ。今度はホワイト・レイ・ソードユニットとバトルアライメントチップの実験を同時に行う。それなりの戦闘能力を持つ敵と戦いたかったので、残虐なレッドキャップという妖精と戦った。勝負は一瞬で決着。俺は自分でも驚くような速度で光剣を振るい、レッドキャップの首を跳ね飛ばした。素晴らしい。これで今日から俺も最強の戦士というわけだ。ホワイト・レイ・ソードの切れ味も最高である。

実験は成功……と思いきや。

「う、ああああああ！」

これはひどい。全身の骨が軋《きし》み、筋肉が悲鳴を上げた。原因は明らかだと思いつつも、マザーシップに分析させたところ案の定、俺の肉体が剣聖アラムのデータについていけないことが判明した。うーん、これは想定しておくべきだったかもしれない。

となると、剣聖アラムのデータは使えないのか。だが、俺が耐えられるところまでランクを下げると、今度は肝心の戦闘能力が下がってしまう。マザーシップに帰還して、もう一度プランを練り直すとしよう。

第三章　ダンジョン探索

「うーん」

俺は提示されたプランを前に腕組みして考えこんでいた。いや、考えているというか悩んでいる。あんまりにあんまりすぎて検討にも値しない。

「全身義体《アーティフィシャルボディ》……ねぇ」

義体とは、機械の腕や足、肉体のことだ。義足や義手のように失った部位を補完するのではなく、純粋に人の限界を超えた力を発揮するために、より効率的かつ強靭《きょうじん》な部位に置き換えることを義体換装と呼ぶ。それが全身。つまり、生身の肉体を捨てて機械に置き換えてサイボーグになれということだ。さすがに両親から授けられた身体《からだ》を捨てるのはどうかと思う。宇宙を走る列車に相乗りする勇気はあるかい？　俺にはない。

だが、他に有効な方法が提示されないのも事実だ。超宇宙文明においては当たり前の選択肢なのかもしれない。それゆえに自分自身で代替案を考えて、プランとして提出しなければならない羽目に陥っていたのだ。かれこれ数時間くらい頭を抱えているのだが妙案がまったく浮かばない。

「やっぱり、チップのランクを妥協するしかないのかな」

俺でもついていけるレベルとなると選択肢が限られてくる。武器が強くても、当たらなければ意味がない。ん、武器？

「そういえば、自分の装備装備と考えておきながら肝心なことを見落としてたな」

防具だ。防具がないと、それこそ貧弱な坊やにすぎない俺は、攻撃がかすっただけであっさりやられてしまう。さっきなんて裸で魔物と対峙《たいじ》していたも同然だったのだ。今更ながらに恐怖感を覚える。チップは後回しにして防具のことを考えよう。どんなものがあるだろうか。

「む」

提示されたなかに気になるものを見つけた。

「これは、いいかもしれない」

そうつぶやいた俺は、さぞ気持ちの悪い笑みを浮かべていただろう。注目したのはプランの一つとして表示されたパワードスーツだ。名前だけ聞くと宇宙の怪物映画に出てきたような外骨格なのかと思ったのだが、全然違った。体にぴったりとフィットする、ライダースーツのようなデザインだ。人工筋肉による肉体の補強ができる。どれだけの性能なのかと詳細を求めたところ、素手でドロイドトルーパーを一撃で粉砕するシミュレーション映像が見られた。これで中身の人間の負担はほとんどなく、むしろ電極マッサージによって常に血行をよくし、乳酸を分解するクエン酸やビタミンB1などを肉体に投与するから疲れもほとんどなくなるのだという。あまりにも俺にとって都合が良すぎる一品だった。

先ほどは自分自身の肉体を強化する方法というプランの提示を指示していた。パワードスーツは本来あくまで補助であり、求めたプランには一致しないとして扱われたらしい。無理もない。なにしろ全身義体にすれば素手で破壊できる装甲がセントリーボットを通りこしてターミネーターことメタルノイドになるのだから、その差は歴然と言える。とはいえ俺にとって必要なのは、あくまで剣聖アラムのバトルアライメントチップに耐えられる肉体。攻撃力はホワイト・レイ・ソードユニットで充分に補えるのだから、なにも問題はない。

早速兵器工廠《こうしょう》に命令を出してパワードスーツを造らせた。ただし外見デザインはライダースーツではなくアースフィアの鎧《よろい》を採用する。それほど凝ったデザインのものではなく、できるだけ標準的なレザーアーマーを選ぶ。派手に着飾る趣味はないし、下手に特徴的なデザインにしては予言の勇者だと宣伝するようなものだ。できれば、あまり目立ちたくはない。

パワードスーツの素材については、量産の難しい最高のものを選んだ。俺専用なのだから、ワンオフ品で問題ない。さらに防具につけられるオプション装備が選択できるようだ。考えた末に選んだのは『絶対魔法防御』。魔法の対象にならなくなるという、チート極まりない能力だ。味方がかける回復魔法だけはデフォルトで効く設定だが、その気になればこれもシャットアウトできる。逆に、一部の魔法が効くようにもできる。さらにどんな魔法の対象になったのかを逐一報告してくれるため自分にとって恩恵のある魔法であれば、そのときだけ効くよう再設定可能だ。メモリ的にオプションをもう一つ選べたので『動体視力強化』を選択した。これで体が動きについていけるけどなにが起きてるかわからないという間抜けな事態はなくなる。考え得る限り最強の鎧だ。文句のつけどころがない。

他のオプションも結構大概だったけどな。例えば、魔法の使えない俺がすべての魔法を使えるようになる『魔法習得』のオプションがあった。習得という名称を使っているが、コレは俺が魔法を習得するわけではなく魔術師が魔法を発動するメカニズムを機械がそのまま代理で行うというアイテムだ。魔術師を一人装備していると思えばいい。しかも使える魔法のレパートリーは最強クラスで、隕石《いんせき》を降らせる程度なら朝飯前。その他にも唱えると、相手が氷漬けになって死ぬ魔法もあった。実に中二病チックである。残念ながら、魔法習得は相性の問題で断念した。性質上、絶対魔法防御のオプションといっしょくたにつけることができないのだ。隕石ぐらいならマザーシップのマスドライバーカタパルト砲で代用できるし、問題はないだろう。

ついでに、アースフィアの魔法についてもググってみた。あんまりにも膨大すぎたんでさわりだけ見ておく。

アースフィアには大別して二種類の魔法がある。血統や才能によって実力が左右される『声紋魔法』。知識として学ぶことで習得可能な『呪言魔術』。声紋魔法の使い手は『声紋魔法士』。呪言魔術の使い手は『呪言魔術師』と呼ばれているようだ。広義としての魔法は声紋魔法と呪言魔術の両方を含むけど、これは民間だけの話。『魔法使い』という呼び方もどっちもごっちゃにしたことで一般化した呼称なんだとか。魔法のことを知らない普通の人ほど、いっしょくたに捉える傾向が強い。わかるわかる、こういうのって普通の人は区別しないもんな。ちなみに呪言魔術は単に魔術と略されるし、魔法といえば専門的には声紋魔法を指す。

性能のほうはというと、ぶっちぎりで声紋魔法が上だ。射程、魔素消費コスト、威力などあらゆる面で呪言魔術を上回っている。コンスタントに派手な大魔法をバンバン撃てるのが最大の強み。

才能に秀でた血筋でなければならないのは大前提。さらに魔法の発動には完璧な発音、声量が不可欠。ついでに美声であればあるほどいい。つまり、リオミなどはまさに声紋魔法士として最高の逸材だ。そんなリオミが十年死ぬ気で努力したなら予言の「魔を極めし王女」になれたことにも納得できるね。

逆に魔術は才能にほとんど左右されない。正しい知識、正しい呪文さえ唱えれば呪言魔術を発動できるようになるとされている。とはいえアースフィアの世界構造、物理法則などを正しく理解している必要があるため高い教養が必要だ。学ぶにはとにかく金がかかる。だから権力のお抱えになるのが一番の早道。でも、どれだけ頑張ったとしても習得可能な魔術はほとんど声紋魔法でも覚えられるうえに下位互換だ。ぶっちゃけ地味である。杖《つえ》などの発動体が必要なのはもちろん、特定の魔術を使うために高級な焦点具も用意しなきゃいけない。発動ごとに材料を消費しなきゃいけない魔術まである。

だけどゴーレムを作成したり魔法生物を召喚できるのは呪言魔術だけだから、アースフィアで大きな地位を占めているらしい。実際、王様の声を拡大した魔術師や俺を召喚したときのローブ姿たちは呪言魔術師だった。努力によって無詠唱で魔術を使えるようになれば、先手を取ることで詠唱必須である声紋魔法士に勝てるケースもあるみたいだけど。

ちなみに魔法習得オプションだと声紋魔法と呪言魔術をすべて無詠唱で使えるというオチがつきます。ごめんね、強くってさ。聖鍵《せいけん》がだけど。

いやしかし、さわりだけのつもりだったけど。ついついのめりこんで調べてしまった。魔法はやっぱりロマンだよな！　いつかは装備に頼らず自力で使えるようになりたいよ。あと魔法のコストである魔素についても調べたけど、これもデータが多すぎる。今度にしておこう。

その後のテスト結果は良好だった。適当にレッドキャップを細切れにする作業を繰り返したが、バックファイアに悩まされることはなかった。俺は個人戦闘力においても、勇者と呼ばれるにふさわしい力を調達できたと言える。それが装備の力にすぎないことは、置いておくにせよ。

さて。ついつい忘れそうになるが、バトルアライメントチップを使った戦闘は俺にとって最後の自衛手段だ。個人戦闘力の向上なんてものは聖鍵の性能の一部にすぎない。聖鍵を利用したスタンダートな戦いとはすなわち、使役する兵器を用いた軍団戦闘である。魔王のように大量破壊兵器で決着するような戦いは今後むしろ少なくなるだろう。魔物などが巣食っている場所を破壊することなく確保、制圧しなければいけない場面も出てくるはずだ。魔王軍残党が街一つ占領して、人質を取ってくることだってあるかもしれない。

と、いうわけで。

「あれが迷宮洞窟地帯か」

マザーシップのブリッジで、俺は調査ドローンから送られてくる映像を眺めていた。スクリーンに映し出されているのは雪に覆われた山脈地帯を空から見下ろした光景である。

迷宮洞窟地帯。人間の領域と魔王の勢力圏を南北に分かつ大山脈地帯であり、地下迷宮を突破することでしか越えることができないとされている地域だ。地下洞窟の入り口はいくつもあり、もちろん当たり前のように凶暴な魔物が跳梁跋扈《ちょうりょうばっこ》していて、なんの準備もなく侵入することは死を意味する。とどのつまり、魔王城に向かうための一番長いラストダンジョンってわけだ。魔王亡き今、出向かねばならない場所ではない。

でも、だからこそ今の俺にとっては好都合なのだ。

「瘴気《しょうき》濃度、ダークス係数ともに正常値。周辺に人間やそれに類する知的生命体の反応なし、か。よし」

そう。ここなら人間サイドに迷惑をかけることなく、俺の軍団を好きなだけ展開できる。

——聖鍵、起動。ポイントA地点にバトルオートマトン三十機を展開。損害にかまわず地下洞窟へ突入せよ！

地上に転送されたドラム缶のようなバトルオートマトンが我先にと洞窟へ突撃していく。しばらくして機関銃を乱射する音と爆発音が轟《とどろ》き、洞窟の入り口から閃光《せんこう》が漏れたかと思うと、直後にガラガラと崩落した。

「ま、そうなるわな」

バトルオートマトンにはグレネードランチャーの使用を制限していなかったので、遭遇した魔物相手にバカスカ撃ちまくったのだろう。予想どおりの結果だった。

じゃ、次。

——聖鍵、起動。ポイントB地点にドロイドトルーパー五十機を転送。然《しか》る後、屋内戦闘モードで魔物を制圧しつつ前進せよ。

『リョウカイ、リョウカイ』

レーザーカービンを構えたドロイドトルーパー部隊が十機五列の陣形のまま整然と洞窟に向かっていった。

しばらくはレーザーカービンの発射音と閃光が観測できたが、二十分ぐらいしたところでドロイドトルーパー部隊の信号が完全に途絶えた。届いた戦闘レポートを読んだところ、どうやらドロイドトルーパー部隊は途中でレーザーカービンのバッテリーを使い尽くしたらしい。

「うーん、ドロイドトルーパーが長期戦をするには補給とか修理の支援が必須っていうのは、本当みたいだな」

とはいえ入り口から結構進んだところまで制圧できていたようで、ルナベースのポイントB地点の評価のところで安全を示すグリーンマークが点灯している。よし、ここからはマニュアルどおりに拠点構築だな。

――聖鍵、起動。ポイントB地点にドロイドトルーパー二十機を工作装備で展開し、入り口周辺に行動拠点を構築せよ。

出した指示はかなりテキトーだったが、到着したドロイドトルーパー工作部隊は補給物資を積んだコンテナや固定砲座、遮蔽物となるシールドプレートを配置していく。魔王城跡に投下した要塞モジュールほどではないが、それなりの防備に守られたキャンプが出来上がった。続いて斥候としてスカウトドロイドを追加派遣し、さらに洞窟内へと機材を運びこませる。

「お、この区域はマッピングが完了したか」

制圧区域の正確な地図が届いた。見る限り未制圧の区域との境目にはバリケードを張って防衛しているようだ。バトルオートマトンと違ってドロイドトルーパーには兵站《へいたん》に関わる作業をある程度自主的にやってくれる機能があるらしい。まあ、そういう運用方法の兵器だから当然なのかな。

さて、次の兵器は。

――聖鍵、起動。ポイントB地点にセントリーボットを三機転送。洞窟に侵入して、未制圧区域の魔物を倒せ。ただし、ミサイルランチャーは使用禁止。

ずんぐりむっくりの四脚ロボットが地上へ派遣されて、ローラーダッシュで洞窟へと急行する。今回は洞窟内が安全になったので調査用のドローンも同伴させてみた。セントリーボットはまさに圧倒的な火力で魔物を駆逐していく。ガトリングレーザーの火力はシミュレーションで知っていたが、コボルトもロックワームも問答無用で蹴散らしていくのはなかなか爽快な光景だ。セントリーボットには近接兵装こそないものの、防衛プログラムにより体当たりと振り回したアームなどで接近戦もこなせるようだ。というか、バトルオートマトンやドロイドトルーパーに比べても明らかに強い。さっきから集中攻撃受けてるのに全然やられる様子がないし。これでミサイルランチャーの使用を解禁したらどうなることやら。

その後はある程度オートでやらせてみた。セントリーボットを前衛にドロイドトルーパーを支援に回すという模範的な戦い方でなんの面白みもなく支配区域が増えていく。ファンタジーのダンジョンハックもロボット兵器を無限運用できたらただの作業ゲーということだな、うん。なにしろロボット兵器に搭載されたセンサーがトラップの類いを事前に感知してしまうので、時間さえかければどうとでもなってしまう。必要なら俺が出向こうかと思ってたけど、メタルノイドの出番すらないまま終わってしまいそうな勢いだ。

それにしても、ドロイドトルーパーたちがさまざまな物資や施設を現地調達し、しっかり有効活用していたのは少し意外だった。てっきり運びこんだ資材だけでやりくりするのかと思ったんだけど、防衛地点などではコボルトなどが利用していた罠《わな》などを配置し直したり、攻め落とすのに時間がかかった天然の要害などには防衛用の装備を多めに設置したりと、かなり工夫を凝らしていた。

さらにレーザーカービン以外の装備として魔物が使っていた粗雑な武器を補強して装備したり、魔物の牙や爪などから削り出した槍《やり》や矢を作るなど……俺がイメージしていたのとは結構違った。確かに常に物資が潤沢に補給できるとは限らないし、メンテナンスフリーではないドロイドトルーパーにとっては、こういった行動も自己保全プログラムの一環なのだろう。バトルオートマトンやセントリーボットもばかの一つ覚えではなく、更新された戦闘データから最適な動きを学習しているし、このテスト戦闘も今後を考えれば無駄にはならなそうだ。

その点を除けば、ロボット兵器の運用イメージは当初俺が想定していたとおりだった。バトルオートマトンは使い捨て前提でどんどん投入する数任せの兵器で、ドロイドトルーパーはマルチに活躍できる歩兵。セントリーボットはちょっとした戦車だな。

「さて、お次は車輌《しゃりょう》編」

送信されてきたマップを見る限り、地下迷宮の通り道は広い空洞と枝分かれする狭い通路の二種類がほとんどのようだ。洞窟内の移動にはドロイドトルーパーが配置した転送装置も活躍しているけど、確保した広い空洞には車輛が通れるスペースがある。そこでボットタンクの出番だ。こいつは俺が初期から運用可能な地上車輛でドロイドトルーパーを十機搭載して移動可能な装甲車であり、戦車でもあり、自動戦闘が可能なロボットでもある。というのも追加装備やオプション装備、履帯換装によって別物かと思えるぐらいに化けるのだ。実際、俺はボットタンクのアセンブル案をいくつか作成するだけで数時間を潰せてしまった。自分の好みのロボットや車が作れるゲームではよくある話だが、聖鍵を使えば実際に運用できてしまえるのだ。まさに男のロマンである。

洞窟内はでこぼこの不整地がほとんどだし地底湖などもあったので、今回はホバータンク装備で二輛ほど導入してみた。ドロイドトルーパーが射手を務めるレーザー機関銃が雑魚《ざこ》を一掃し、戦車砲のレールガンが大型進化したロックワームを一撃で破砕していく。鬼か。いや、鬼は俺だった。

「うーん……これ、本当ならアレだよな。勇者と愉快な仲間たちが傷つきながら踏破していくやつなんだよなぁ」

ひょっとすると魔王ザーダスとやらも勇者をもてなすぐらいのつもりでダンジョンを用意してたのかもしれない。すまない、すまない……。

そんなふうに俺が脳内で的外れな謝罪をしていると。

『エイチキュー、エイチキュー。応答ネガイマス』

「ん？　指揮官から通信要請？」

ドロイドトルーパーには何機か指揮官機がいる。そいつから通信が入ったのだ。

「どうした？」

『コボルトノ集落ガ降伏シ、武装解除スルト、イッテマス。イカガイタシマスカ』

「ふむ……そいつら、瘴気には？」

『ダークス係数ハ、致命値ヲ下回ッテイマス』

なら、問題ないってことだな。

「わかった。降伏を受け入れろ。ただし、武装解除させる必要はない。ドロイドトルーパーの進駐を受け入れるなら、それでいい。ただし反乱を起こした場合は首謀者と関係者を処刑と伝えておけ。本当に反乱が起きたときは知らせろ」

『リョウカイ、リョウカイ』

これでいいだろう。別に魔物の殲滅《せんめつ》が目的じゃないからな。とりあえず、テストとしては充分。後は適宜補給と戦力補充の権限を指揮官に与えて、オートで侵攻をやらせておけばいいだろう。


食堂で一息ついていると、指揮官機からコボルトの集落への視察要請が入った。どうやらコボルト側から上位者への挨拶をしたいとの申し出があったそうだ。断ってもいいけど他にやることもないので許諾しておく。なお、コボルトの言語はさすがに日本語とは行かなかったのでドロイドトルーパーも使っていた翻訳機に頼らせてもらうことになった。

リーダーと思《おぼ》しきコボルトが集落を構成していた空洞スペースの入り口で護衛のコボルトたちと

ともに俺を出迎える。

「このたび、は、降伏を受け入れてくださり、ありがとうございます」

　コボルトリーダーが他のコボルトとともに頭を下げた。ちなみにアースフィアのコボルトという魔物は醜くやせ細った犬のような顔の人型生物だった。人間よりもだいぶ背は低い。魔王の支配以前は臆病で弱い生き物で、群れを作り集落のまわりに罠を張って自分より強く知能の低い魔物などを狩って生計を立てていた種族らしい。

　俺は少し考えて、こう名乗る。

「頭を上げてくれ。俺は三好明彦《みよしあきひこ》。聖鍵の勇者だ」

「おお、あの、魔王様を倒すという……」

　案の定、知性のある魔物にも予言のことは知られていた。ただ、どうやらすでに魔王が倒されたことは知らないようだ。まあ、洞窟のなかからじゃホワイト・レイの光は観測できなかっただろうしな。

「魔王ならばすでに倒した。キミたちも自分たちの変化に気づいているんじゃないか？」

「おっしゃるとおりで、ございます」

　その首肯が俺の推測を裏付けてくれたことに頷《うなず》きつつも、コボルトリーダーの顔色は冴《さ》えないように見える。コボルトの表情なんてわかるはずもないけど、なぜかわかった。なんでだろう？

「私たちに、戦うつもりは、ありません。ですが、オークのグド族と、イヴィルエルフのシュダが、我々を奴隷のように扱うのです」

なるほど。つまり、コボルトたちは他の凶暴な魔物に労働や戦いを強いられているんだ。

「我々は強き者に、おとなしく従います。あなたがたがグド族やシュダより強いと信じるからこそ、恭順するのです」

「わかった。キミたちのことは俺が聖鍵の勇者の名にかけて保護すると約束しよう」

なぜかはわからないが、コボルトたちが嘘《うそ》を言っているようには感じなかった。よくわからないが素直に俺の言葉に感動してくれている気がする。自意識過剰かな？

その後コボルトたちが歓迎の宴《うたげ》を開くと言ってくれたが、なんとなくゲテモノ料理で悪気なくもてなされる予感がしたので丁重にお断りしておいた。

「さて、せっかく来たんだし、俺もちょっとウロウロしてみるか」

安全なブリッジからドローンの届けてくれた映像でしか見てないしな。というわけで、ドロイドトルーパーの護衛を引き連れて集落から先へ向かう。すでに制圧が完了している区域なので他のドロイドトルーパーたちが整然と行進したり、バトルオートマトンが警邏《けいら》しているなかを歩くだけだ。ファンタジー世界に来て初のダンジョン探索がこんな形になるとは、異世界召喚されたときには夢にも思わなかったな。勇者として召喚されてなかったら、俺も冒険者になって仲間たちといっしょに緊張しながら探索し、お宝を発見する……そんなシチュエーションに巡り合えたのかもしれない。でも、これ以上安全なダンジョン探索はない気がするのも確かだ。わざわざ危険を冒す必要なんてない。あれだ、なにもかも聖鍵のせいだな。

見回りをしていると、転送装置の近くや物資補給地点、防衛拠点などに聖鍵を挿せる台座が配置されているのが見えた。試しに挿してみると、その地点と同期連携している拠点の情報が直感的に把握できるのはもちろん、防衛拠点などの設備を考えるだけで操作できた。マザーシップとかもそうだったけど、聖鍵を使うことでいろんな兵器をマニュアル操作できるようになる。洞窟内に設けられた施設も同じみたいだ。しかしなんというかこう、無敵感が凄《すご》いな。ＳＦ映画の銀河帝国皇帝とかって、いつもこんな気分を味わいながら闊歩《かっぽ》しているんだろうか。聖鍵を持つ俺は最高司令官なわけだから後方に控えているべきだが、陣頭に立ちたくなる気持ちもよくわかる。思い立った俺はボットタンクに乗りこみ、ここからやや遠い前線を視察することにした。

『コノ先、未制圧区域トナリマス』

ドロイドトルーパーの音声アナウンスとともに防衛拠点を越えて、ボットタンクが進む。広大な天井や壁には制圧区域と違ってまだ補強加工が施されていない。天井に向かって大火力兵器を使ったら崩落間違いなしだ。

「あれが戦闘区域か」

ボットタンク備え付けのモニタに戦況が映し出される。ドローン越しじゃない、生の映像だ。とはいえこれまで見てきたものと大きく変わるわけでもない。ドロイドトルーパーの戦術は基本的に敵が接近してくる前にレーザーカービンの一斉射撃で蜂の巣にすることだ。今のところ、光学兵器に有効な防御が可能な魔物には遭遇していないので、堅実な陣地戦闘を行うドロイドトルーパー部隊が大きな負けを経験した場面は一度も報告されてない。ドロイドトルーパーはレーザーカービンのアタッチメントに単分子ナイフを取り付ければ近接戦闘も可能になるので、接近戦がメインとなる魔物の攻撃にも対応できている。そして報告どおり現地調達したスリングや投げ槍なども有効であると判断すれば戦況に応じて使っているようだ。今もドロイドトルーパーの一機がオークが使っていた斧《おの》を奪い、その豚頭をかち割っている。志願したと思しきコボルトたち数人がクロスボウを構えて、この前線を担当する指揮官機の号令で一斉発射したりもしていた。兵士の現地徴用までやるとは本格的だな。

というか、報告によると今戦ってるのはコボルトリーダーの言っていたグド族とかいうオーク部族のようだ。オークは豚頭の人型生物だ。この区域周辺のかなり広い範囲を支配している連中のようで、戦争が大好き。こちらの侵攻もむしろ望むところと言わんばかりに無謀な突撃を繰り返してくる。連携はそれほど取れておらず、力任せに大斧を振り回している。そのほとんどがレーザーカービンのいい餌食となっていた。

接近戦を好むオークに対する戦術ドクトリンもすでに完成しているようだ。高所に陣取ったドロイドトルーパー隊がスナイパーライフルを構え、オークを狙撃している。オークの投げ槍も設置されたシールドプレートに跳ね返され、有効打とはならない。

そんな状況にさすがのオークたちも業を煮やしたのか、リーダーのような大きな個体が大声で増援を呼び始めた。

「お、なんかデカいのが出てきたぞ。あれは？」

「オーガ、デス」

運転席のドロイドトルーパーが律儀に答えてくれる。あれがオーガか。ルナベースによるとアースフィアのオーガは頭の悪いブサイクな顔の人食い鬼で、一応はゴズガルドのような巨人に分類されるのだという。巨人のなかではとびっきり弱い部類ではあるが、普通の人間ではオーガの振り回す棍棒《こんぼう》であっさり赤いジャムになるのだそうだ。怖いなあ。

俺の感想がそんな危機感のないもので済んでいるのは、やはり「どーれ、相手をしてやるか」と言わんばかりにゴキゴキと首を鳴らしながら登場した三匹のオーガが、セントリーボットのガトリングレーザーで瞬殺されたからだろう。さすがのオークも不利を悟って一斉に逃走を開始していた。そしてドロイドトルーパーの狙撃兵たちがその背を容赦なく撃ち抜いていった。

コボルトたちが勝利に沸き立ち歓声を上げるなか、ドロイドトルーパーたちはセントリーボットやボットタンクを盾にしながら物言わず前進していく。その背後から工作部隊たちが破損した設備を交換したり、魔物の死体や動かなくなったドロイドトルーパーをどこかに運んだり、広がった制圧区域に新たな防衛拠点を築き始めていた。以上が、俺が到着してからわずか十分たらずの出来事である。

「……ひどいな」

『モウシワケ、アリマセン。戦術プログラムヲ、サラニ、向上サセマス』

俺の素直な感想をどう取ったのか、隣のドロイドトルーパーが反省の弁を述べる。これ以上向上させたらイジメ通りこしてイビリだからやめたげてよ。

「勇者様、ありがとうございます！　グド族、やっつけた！」

なんとなく悪いことをしている気分になっていたが、コボルトたちから向けられる素直な感謝と羨望の眼差《まなざ》しがちょっと嬉《うれ》しかったのは秘密だ。

その後も敗北らしい敗北もなく、俺の派遣したドロイドトルーパーたちはオーク部族を駆逐していく。食堂でのランチタイムを終えて次はどんなボットタンクをアセンブルしようかと考えながら歯を磨いているときに、その報告は突然入ってきた。

「区域の一つが全滅だと？　なんだ、なにが起きたんだ？」

『魔法使イ、デス』

魔法使い。その言葉を聞いて、真っ先にリオミのことが思い浮かんだ。必死に振り払いながら、指揮官に確認する。

「敵に声紋魔法士がいたのか」

『ヤー。コボルトカラノ情報ニアッタ、イヴィルエルフ、シュダ、ト思ワレマス』

イヴィルエルフはその名が示すとおり邪悪なエルフで、声紋魔法の使い手を数多く輩出するやっかいな連中だ。エルフが瘴気によって堕落した種族であると言われているらしい。あまりにもドロイドトルーパーたちが連勝続きだったので、すっかり忘れていた。アースフィアにはたった一人で一軍にも匹敵するような化け物がいるということを。

「そいつの現在位置はわかるか」

『ナイン。未制圧区域ノ把握ハ、デキテオリマセン』

さすがに転移で背後に現れて暗殺するってわけにもいかないか。

「わかった。全滅した部隊のデータをできるだけ回収して、ルナベースに回せ。そこから戦闘データを取って、次の襲撃予想区域も演算させろ。それと対魔法戦ドクトリンを構築して次の襲撃に備えさせろ」

『リョウカイ、リョウカイ』

指揮官との通信を閉じ、黙考する。相手が魔法を武器にしているなら、絶対魔法防御オプションを装備した俺が絶対的なアドバンテージを持つはずだが作戦目的の関係上、俺が出るのは最終手段だ。ともあれ、シュダとかいうヤツがどんな戦い方をするのか、ルナベースの記録から洗わせてもらおう。

・シュダ・ユガリオ
イヴィルエルフの男。声紋魔法士。
光と闇、双方の属性に秀でている。先の襲撃戦においてもドロイドトルーパーのレーザーカービンとセントリーボットのガトリングレーザーを偏光魔法を用いて無力化していた。

もともとルナベースに登録されていた相手ではないため、情報が少ない。それでも重要な情報が手に入ったな。早速、ドロイドトルーパーに実弾を射撃できるガウスライフルを配備するように手配。もちろんこれだけで倒せるとは思っていない。こちらも切り札を使わせてもらう。

――聖鍵、起動。メタルノイド一機をポイントSに転送、派遣。装備としてショットガン及びモーターバイクを配備。破壊ターゲットをシュダ・ユガリオに設定。追跡モード開始。

全身をルナ・オリハルコニウム合金で固めたアンドロイドが武装満載の装甲バイクにまたがり、洞窟の闇のなかへと消えていく。追跡モードのメタルノイドはシュダが他のユニットに捕捉され次第、同期されたデータを元に相手が死ぬまで自動的に追跡する。メタルノイドは現時点だと追加生産が難しい貴重なユニットではあるが、その代わりに初期装備のロボットのなかでは最強だ。きっと戦果を持ち帰ってくれるはず。

結果として魔法使いにボコボコにされたことは怪我《けが》の功名となった。すぐさまルナベースから提供された対魔法戦ドクトリンを施行した結果、他の魔法タイプの魔物に対しても大きな戦果を挙げることができたからだ。

制圧区域に詠唱妨害用の特殊な音波を発生させる装置を配備するだけでも、魔法使いタイプの魔物は完封できる。未制圧区域を攻めるときには閃光弾装備のグレネードランチャーで魔物側の集中を乱していくだけでも魔法による反撃を防ぐことができたし、狙撃ライフル装備のドロイドトルーパーは最優先で魔法使いを狙い撃つようになった。シュダとかいうイヴィルエルフもこちらが対策したことを察知したのか襲撃が続くことはなく、未制圧区域のどこかに潜んでいるようだ。そちらはメタルノイドに任せておけばいいだろう。

「つーか、たった一日でこの戦果は異常だろ」

マザーシップ艦長室のベッドに寝転がりながら、聖鍵に送られてきた報告を反芻《はんすう》しつつ舌を巻く。侵入したポイントB地点の入り口付近は完全に制圧。コボルトの集落一つを抱え、快進撃を続けている。なにしろロボットたちは睡眠も休憩も必要としない。ドロイドトルーパーは整備のためにシフト交代するが、バトルオートマトンやセントリーボットは未制圧区域に投入しておくだけで二十四時間休むことなく戦い続ける。

対して魔物側は一部を除いて睡眠もとるし食事もするし休憩もする。今はまだまともな戦いも多いけど、このまま昼夜問わずの侵攻を続けていけば魔物どもは目に見えて消耗し、弱体化するだろう。あと一週間もすればオークの部族も殲滅できるのではないだろうか。

もっとも迷宮洞窟地帯の全体の広さは三国に跨《また》る山脈の地下全体をカバーしている。そこから考えたら制圧した範囲は米粒にも満たない微々たるものだ。だけど魔王城へのルートを開拓するだけなら全範囲を制圧する必要はまったくない。南から北へ通じる道は東西に広がる山脈ほど長くはないからだ。そういう意味では今回、まったく無計画に制圧区域を広げているのだが。

「異世界召喚って、思ってたのとだいぶ違ったな」

聖鍵をベッドに放り出し、大の字になりながら素直な感想を吐露する。実際問題、最初だけは血湧き肉躍るような冒険が始まるのではないかと期待したのだが、蓋を開けてみればコレだ。魔王は宇宙戦艦の主砲で蒸発。率いる軍団はオークどもを鏖殺《おうさつ》し、オーガを蜂の巣にし、ゴブリンメイジの魔法を封殺し、コボルトを併呑《へいどん》している。確かに凄いし、聖鍵はとんでもないチートアイテムだったけど。なんなのだろう。なにか物足りない気がしてならない。

そんな俺のわずかながらの不満を察知したのか、ルナベースから新たな戦術プログラムが提示された。

「ん、ユニットの遠隔操縦？　そういうのもあるのか」

どうやら聖鍵を使ったマニュアル操縦は車輛や戦闘機だけではなく、ロボット型のユニットにも対応しているらしい。それにどれほどの意味があるのかは疑問だが、せっかくオススメされたのだしさわりだけでもやってみるとしよう。

早速ブリッジに転移して台座に聖鍵を挿しこみ、ユニットの遠隔操縦開始を命じる。すると操縦するユニットを選択する画面が脳内に展開された。最初はメタルノイドに同期しようと思ったが、やめておく。きっと圧倒的な力のままに魔物をねじ伏せるだけの展開になるだろうし。ここは一つ、スカウトドロイドを使ってみるとしよう。斥候用のハンドレーザーガンと単分子ナイフは標準装備。オプションとして各種センサーアイ、腰部ハードポイントにはプラズマグレネード、背部バックパックには性能を抑えた小型の調査ドローンを折りたたんで持っていく。さらにレッグパーツを無音移動用のものに換装して、光学迷彩も施した。完全に隠身特化だ。

――スカウトドロイドとの同期完了。マニュアル操縦開始。

おおっ、これは凄い。目を瞑《つぶ》ったら視点が完全にスカウトドロイドになった。なるほど、感覚としては聖鍵に触れている間の肉体の神経伝達がそのままドロイドに移行されるんだな。ほとんど自分の体を動かすのと変わらない。これは本当に凄いな。

『動作チェック完了、オールグリーンっと』

どうやら音声もそのままスカウトドロイドから再生されるようだ。今回はそれほど意味があるとは思えないけど、いざというときにコミュニケーションを取れるのはいいな。ともあれスタート地点はマザーシップの整備室だったので、転送装置を使ってすぐに迷宮洞窟へと向かう。

制圧区域の防衛拠点を出て、未制圧区域へと進んでいくと前方でドンパチ音が聞こえた。ルナベースに問い合わせたところ先行偵察していたバトルオートマトンがオークどもと鉢合わせているとのことだ。推奨戦術に従って姿勢を低くし、遮蔽物に隠れながら進む。安全そうな岩場に陣取り、背部バックパックに折りたたんであった小型調査ドローンを展開して、光学迷彩モードで透明化させてから戦場を偵察させる。すると視点が調査ドローンのカメラアイに切り替わり、戦場を睥睨《へいげい》するように飛行していく。操縦方法は聖鍵に念じるだけなので悩むことはなかった。どうやらオークがバリケードを築いて、そこに対してバトルオートマトン部隊八機が制圧射撃を加えているところらしい。オークの数は十二匹。調査ドローンがあっという間に計算してくれた。バトルオートマトンは増援を要請しているが、到着までにもう少しかかるようだ。ここはちょっと余計なお世話をさせてもらおう。

調査ドローンをバックパックに回収し、光学迷彩で透明になりながら壁沿いに前進。オークが隠れるバリケードのあたりにプラズマグレネードを放りこもうと試みる。構えたときに予測放物線が視界に表示されたし、オークはこちらに気づいていないからゆっくり狙いをつけられた。俺が……というよりスカウトドロイドが投げたプラズマグレネードはきれいに弧を描いてバリケードの向こう側に落ちる。直後凄《すさ》まじい音とともに半円状の緑色の光が炸裂《さくれつ》した。なかにいたオークがドロドロの粘液と化して溶け落ちるのが見えたが、バリケードや地盤はビクともしていない。プラズマグレネードの威力を調整し、有機体を溶かす程度に抑えたからだ。すかさずバトルオートマトンが突入し、オークの残りを殲滅していく。その光景を見てバトルオートマトンのグレネードランチャーにも同様の調整をしたプラズマグレネード弾を装備をさせたら制圧がもっと楽になるんじゃないかと今更ながらに気づいた。単純に使用を禁止していただけだから、ルナベースからの代案も来てなかったようだ。

制圧完了を待つことなく、俺はスカウトドロイドをさらに奥へと進ませた。洞窟内は暗視能力を発展させた魔物がほとんどなので照明の類いは設置されていないが、各種センサーアイのおかげで視界にはまったく不自由しない。魔物が潜んでいそうな場所もわかるので、とても便利だ。ていうかこれって、まんま俺が遊んでたステルスアクションゲームのユーザーインターフェースやんけ。こんなところでもこっそり地球の要素パクってんのね。まあ、はっきり言ってゲーム感覚でやってるのは確かだけど。

スカウトドロイドの基本機能にオートマッピングがあるので、できるだけくまなく探索する。ここで得た地図データはルナベースを通して他の全ユニットに同期されて作戦に活《い》かされるから手を抜くわけにはいかない。途中オークの斥候を何匹か発見したが数が多かったので隠密《おんみつ》してスルーする。途中、誰も出入りしていなさそうな横穴スペースなどにビーコンを設置した。後でこの座標に俺が聖鍵で転送装置を送ればコンティニューポイントにできるし、他のユニットも送りこめるようになるしな。まあ、それは後の話だ。今はできるだけ奥に進んで未探査区域を埋めなくては。さっきのオークどもが通ってきた道にはかなりの足跡が残っている。俺の予想はルナベースの分析と一致している……ということは。

『よし、ビンゴだ』

到達したのは広い空洞のなかにあるオークの集落だ。例のグド族とかいうオークたちはいくつかの集落に分かれて点在していて、ここもその一つだと思われる。GPS座標からすると他の入り口に比較的近そうな場所だったから、ひょっとすると地上に出て狩りなどもしているのかもしれない。なにはともあれ敵情視察だ。光学迷彩モードのドローンを派遣して偵察する。木組みの櫓《やぐら》や見張り台、簡素な家があるところから見て、やはり地上の出口が近いらしいな。伐採により木材を調達できる環境なのだろう。主な雑用はコボルトやゴブリンの奴隷などにやらせているらしい。また、ドーム状の空間の壁にはいくつか枝分かれする通路が伸びていて、その先は武器庫や食料庫として利用されていることもわかった。事前に破壊したりしておけば、後で有利になるかもしれない。そんなことを考えながら通路の一つにドローンを派遣したときのことだった。

『ここはまさか……』

俺がスカウトドロイドを通して同期しているのは視覚と聴覚だけで、それ以外の感覚はセンサーを通して数値として表示される。調査ドローンも同様だ。だから、その場所に差しかかって悪臭を感知するセンサーがレッドゾーンを超えたとき、便所かなにかかと思ったのだが。それはある意味正しく、同時に間違っていた。

『生体反応、オーク三匹と、人間の女性が六人分……』

なかからはなにかとなにかがグチャグチャとぶつかり合う音と、オークの罵倒が聞こえてくる。女性の声は聞こえない。誰がどれくらいなにをしてなにをされているのか、見るまでもなく察してしまった。

俺はなにかを考えるまでもなく、スカウトドロイドを介して行動を開始していた。入り口にドローンを見張りに置いてから、光学迷彩を起動したまま穴の奥へと進む。音と声がより大きくなってくる。途中、曲がり角のところでオークが一匹見張りに立っていた。武装は手斧《ちょうな》のみ。どうやら先ほどからの罵倒はコイツが奥に向かって叫んでいたものらしい。どうせ俺も混ぜろとか言ってるんだろうが、翻訳する気にもならない。

注意力が散漫になっていた見張りオークの背後に回りこみ羽交い締めにした。ドロイドのパワーでも力自慢のオークの動きを止めるには充分である。口を押さえて騒げなくしてから迷うことなく単分子ナイフを喉に突き立てると、オークはびくびくと痙攣《けいれん》してから崩れ落ちる。

ゴブリン相手に実験をしたときもそうだったが、どうやら俺は魔物を殺すにあたって罪悪感を持たないらしい。ドロイド越しの魔物殺しはむしろゲーム感覚で実行できる。ひょっとしたら聖鍵が俺の精神に作用しているのかもしれないが、そうだとしたら都合が良い。

さらに奥へ進んでいくと、二匹のオークが女性に覆いかぶさっているのが見えた。オークの暴行に対して、女性たちは二人ともぴくりとも反応していない。服は着ておらず、顔は涙と鼻水、泥と粘液で化粧されてぐちゃぐちゃになっていた。似たような光景ならエロゲでいくらでも見てきたけど、リアルで見たって興奮なんてこれっぽっちもしなかった。胸の奥から湧き上がってくるのは胸《むな》糞悪《くそわる》さとオークへの殺意だけだ。

夢中になっているオークの片割れの背中に先ほどのオークが持っていた手斧を投げつけた。脊髄を破壊されたオークは無様な悲鳴を上げながら女性に向かって倒れこむ。もう片方のオークが何事かと女性の胸に埋めていた顔を上げたが、彼が見たのはハンドレーザーガンの銃口だった。

『くたばれ、豚野郎』

音声再生機能に感謝しながら、俺は引き金を引く。

第四章　はじめての温泉

『かわいそうに……』

　この部屋につながれていた女性は七人いた。だけど生体反応は六人。すでに一人は興奮したオークに首を絞められて息絶えていたのだ。いずれの女性もここに連れてこられてからそれなりに経過していたらしく、頬を叩《たた》いたりしても一切反応しない。早急に保護してメディカルルームに運びこまなくては。

　今のところドローンからのアラームは来ていないからオークどもに気づかれてはいない。だが少し時間を置けば死体を発見されてしまう。今は四の五の言っている場合ではない。俺はビーコンを置いて早急に転送装置を送るようルナベースに指令を出す。マニュアル操縦中は常に聖鍵《せいけん》に触れているので、スカウトドロイドと同期している間もこういったアクションは滞りなく行えた。他のユニットではここに転送装置を直接運びこまなければならないため、現状では俺にしかできない。いずれこのあたりも改善してやる。

　ともあれ転送装置さえ来てしまえばこっちのもの。女性たちはすぐにマザーシップのメディカルルームへと運ばせた。

『仇《かたき》は取る』

事ここに至って、俺がのんびりと制圧区域が広がってくるのを待つはずもなかった。

――聖鍵、起動。集落周辺のビーコン座標に転送装置を転送。動ける部隊は転送装置を使って移動し、集落の入り口をすべて封鎖せよ。

これで見回りにいったオークは戻ってこれないし、集落のオークが逃げることもできなくなるはずだ。部隊が到着するまでの間、俺はスカウトドロイドのバッテリーを補給しながら、ドローンを使って他にも女性がとらわれている場所がないか探したが、いなかった。どうやら全員ここにまとめられていたらしい。大丈夫そうだ。封鎖が完了するまでは少しかかりそうだったので、転送してもらった補給用コンテナのなかにあった指向性爆薬を取り出して武器庫に仕掛けておく。その際に投げ槍《やり》を三本ばかり拝借し、両手に装備。余った一本を腰部ハードポイントに取り付ける。見張りオークの手斧《ちょうな》を奪ったのもそうだが、ドロイドのあらゆる武装を使いこなせるというマニピュレーターを俺が操作しているときでも活《い》かせるかという実験だ。いや、本当にそうだろうか。連中の用いる武器でオークに鉄槌《てっつい》を下してやりたいという気持ちがないといえば嘘《うそ》になる気がする。一旦自分自身について思考を振り分けたことで、ようやく俺は違和感に気づいた。

『どうしてこんなに冷静なんだ、俺は』

あんなものを見たというのに。まるで今の俺はこういった荒事に手慣れている人間のようではないか。地球から召喚された大学生が人間扱いされていない女性だけではなく、無残な死体まで目撃していたのだ。ゲロを吐いたり、嫌悪感を覚えたりするのが健常な生理反応というものではないか。

『いや、よく考えたら俺が普通じゃないのは今に始まったことじゃないか』

そういえば、日本に住んでいるときもときどきこういうテンションになることがあったっけ。不要な思考を締め出し、必要なことだけに頭を振り分ける感覚と表現すればいいのか。そういうときの俺を目撃した妹は人が変わったようだと言ってたけど。今考えると、それほど大げさな表現でもなかったんだな。あるいは今の俺は聖鍵を介してドロイドトルーパーのような心のないロボットになってしまっているのではないかと、有り得ない妄想まで浮かぶ。

といったところで、封鎖の完了が視界内にポップアップされた。

『さて、始めよう』

ドロイドトルーパーの戦闘力はせいぜい人間の一般的な兵士よりも少し強いぐらいのものである。あくまで集団戦闘における連携や、各種装備を利用できる汎用性の高さこそがドロイドトルーパーの強みなのだ。スカウトドロイドは消音性こそ高められているものの軽量化のために耐久力は低め。今の武装も単分子ナイフとハンドレーザーガンを除けば、さっき武器庫から持ってきた投槍が三本だけである。だから俺が今からしようとしていることは非効率的であり、非生産的だ。ドロイドを操っている時点で、自分の手でケリをつけたいとかいうソガママですらない。

自分が絶対に傷つかない安全な場所から、女を慰み者にして憚《はばか》らない邪悪で唾棄すべきオークを相手に縛り舐《な》めプで無双してやりたい。きっと俺のなかにある欲望は、その程度のものなんだろう。

集落に残っている戦闘意欲の高いオスのオークは十八匹。まずは櫓《やぐら》の高所に陣取るオークから倒そうと決めていた。全部で四ヵ所。外側を見張る櫓が二ヵ所、内側を見張る櫓が二ヵ所。これらのうち発見されるリスクの高い内側の櫓にいるオークを先にやる。光学迷彩のまま櫓のはしごを登り、あくびをしていたオークの喉を背後から槍で突き刺した。悲鳴すら上げられずに死んだオークを静かに横たえて、向かい側の櫓のオークに向かって槍を投げる。プラズマグレネードのときと同じように投げたときの軌跡が表示されていたので、正確に頭を狙うことができた。標的は一撃で崩れ落ちる。ハンドレーザーガンの場合、消音性を高めているといっても発射音が出てしまう。そうなれば櫓の下にいるオークに気づかれてしまう可能性が高かったので、無音の投擲《とうてき》武器で仕留めたのだ。

ここで一度、櫓に伏せてドローンを飛ばす。周辺のオークの現在位置を正確に把握するためだ。櫓から外を見ている見張り二匹はひとまず放置し、単独で歩いているオークが三匹いるのを確認。断末魔の叫び声を聞かれない距離をルナベースに計算させてから背後に近づいて、槍でブスリ。これを三度繰り返す。

死体は物陰に隠して露見を遅らせつつ、今度は小屋とも呼べないような粗末な家屋のなかへ侵入。ここにはオークが五匹眠っている。先ほど他の見張りと交代したのを確認したので、こいつらの寝こみを襲ってしまえば交代はなくなる。ここは単分子ナイフで一匹ずつ慎重に喉笛を切り裂き、騒がれることなく仕留めた。これで残りは八匹。

櫓の二匹を除けば集落の入り口を見張っているオークが二匹、集落内を警邏《けいら》しているのが四匹。いずれもツーマンセルのため、今までのような暗殺は難しいかもしれない。こういうときに役に立つかもしれないのがゲームの知識。敢《あ》えて物音を立てて一匹をおびき出している間にもう一匹を背後から仕留める。はたしてうまくいくかどうか。

物陰から適当な大きさの石を投げて、警邏中のオークの気を引く。オークのうちの一匹が物音に気づいて、あらぬ方向へと歩き出した。この間に相方のオークを背後からステルスキル。ここで物音の確認を終えたオークが振り返ったのでヒヤリとしたが、なんとか投げた槍がギリギリで間に合い、仕留めることができた。やっぱりツーマンセルになった途端にステルスは難易度が上がるな。

死体から槍を回収すると、次はどうしようなどと考える間もなくオークの叫び声が聞こえた。ついに死体が発見されたようだ。こうなるとステルスキルを狙うのは相当に難しくなる。できればスカウトドロイドでノーアラート全滅と洒落《しゃれ》こみたかったが。いや、まだ見つかったわけではない。やれるところまではやってやる。

光学迷彩のおかげでじっとしていれば、まず見つかることはない。とはいえ時間が経過すればするほどオークの警戒度は上がっていく。ドロイド単体の性能ではオークを二匹同時に相手にすることすら厳しい。いや、待てよ。ひょっとして……ああ、やっぱりだ！　警邏中だったツーマンセルのうち一グループが武器庫で武器を漁《あさ》ってる！　ドローンを飛ばしておいて正解だったなと思いつつ、俺は……スカウトドロイドは爆弾のスイッチを押した。凄《すさ》まじい爆音とともに武器庫のあった洞窟が吹き飛ぶ。使用したのは指向性爆薬だったため、外に爆風が広がることなく倉庫内部だけを破壊できた。もちろん、なかにいたオークはただでは済むまいが。

そして案の定、爆発のあった武器庫のほうへ警邏中のツーマンセルが向かった。櫓の上の連中もさすがにはしごを降り始めている。この動きを読んでいた俺ははしごを降りてくる無防備な背中に向かって槍を投げた。悲鳴を上げて落下するオーク。もう一匹がその光景に驚き慌ててはしごを登り始めるが、もう遅い。腰部ハードポイントに付けておいた予備の投げ槍を装備し、オークめがけて投げつけた。こちらは切っ先が体と壁を貫通したようで、断末魔の声を上げた直後に全身をだらーんとさせて、落下することなく磔《はりつけ》となった。

『はは……やればできるもんだな』

残る戦闘要員は二匹。追撃に入ろうと振り返ると、武器庫のほうに向かっていたはずの二匹が目の前で大斧《おおおの》を構えていた。しまった、悲鳴を聞いて戻ってきていたか。光学迷彩は目を凝らせば見えないこともない。一度捕捉されてしまった以上は、戦うしかない。

怒りの咆哮《ほうこう》を上げながら突撃してくるオークどもに対し、こちらはハンドレーザーガンを抜いて、バックステップを踏みながら冷静に引き撃ちする。もちろんきちんと照準してない抜き打ちの射撃など、そうそう当たるものではない。が、運よく片方のオークの腕に命中してくれた。ギャッと悲鳴を上げつつ、そいつは大斧を取り落とす。だけどもう一匹の突撃は止まらない。目の前に振り下ろされた大斧を必死に回避した。おかげでバランスを崩してたたらを踏んでしまい、ハンドレーザーガンが正確に照準できない。射撃は無理だと悟った俺はとっさに単分子ナイフを引き抜き、再び大斧を持ち上げようとしているオークの脇の下に向けて刃を走らせた。そこいらのナマクラと違って、単分子ナイフは骨すらもチーズみたいに切り裂く。動脈を切り裂かれたことで大量出血を始めたオークは泣きながらなにかを口走りつつ、地面でのたうち回る。

『なんとか勝てたか』

油断したのは一瞬だった。突然、衝撃とともに視界が反転する。大斧を落としたオークが素手のままドロイドスカウトの腰を摑《つか》むようにして押し倒してきたのだ。なにが起きたのかわからなくて少し慌てたけど、相変わらず冷静な俺の頭はこれがただの悪あがきだと分析した。ハンドレーザーガンの銃口をオークの腹に押し付け、一、二、三発と射撃。脱力してのしかかってくるオークを乱暴にどけて、思わず肩で息をする。いや、ドロイドが息をするわけはないのだが。

「ハァ、ハァ……」

……いや。俺はいつの間にか操縦を打ち切り、マザーシップのブリッジの台座に寄りかかるようにして倒れこんでいた。触覚を同期しているわけじゃないから、俺自身にダメージなんてあるわけないのに、どこかに怪我《けが》はないかとあちこちに手を当てて必死に確認してしまう。

「結構きついんだな、これは……」

確かに俺の求めていたスリル体験を安全に提供してもらえるという点で、ルナベースが推奨してきたのは理解できる。でも、今になって俺の総身はカタカタと震えていた。もちろん、魔物を殺すことに抵抗が生じてきたとかではなく。再び自分のなかのなにかが作用して、冷徹な殺人マシーンになってしまうような気がして。そう。俺は怖かったのだ。有り得ないとわかっていながらも、自分が自分ではないなにかになってしまうことがひたすらに怖かった。そして、これがはじめての体験ではないことにも。

「でも、これだけは……間違いなく俺のなかに芽生えた俺の意志だ。やってやる……」

ほうほうの体で、俺は台座に挿入されたままの聖鍵にしがみつき、念じる。

——聖鍵、起動。作戦行動中の全ユニットに通達。オークどもをすべて根絶せよ。

確信した。あんな生き物は絶対に生きてちゃいけない。このアースフィアから一匹残らず駆逐してやらねばダメだ。魔王がいなくなったとしても、オークはルナベースの情報どおり極めて邪悪な魔物だった。すでに被害に遭っている人を助けることはできないかもしれないけど、その境遇から解放してあげることはできるはず。いや、オークがきれいさっぱり消えてなくなれば、あんな目に遭う女性もいなくなるのだ。

「今日は、もう寝よう……」

迷宮洞窟地帯での実験は、もう充分だ。俺が介入しなくとも、あのユニットたちは俺の意に沿わぬものを狩り尽くす。明後日《あさって》にはあの計画を実行に移すことになるんだし、明日はゆっくりと休もう。そうしよう……。


地球にいるころ、俺は性犯罪者を殊更《ことさら》に憎み、みんな死ねばいいのにと思っていた。特に精神的にヤバかった中学時代には本当にあの下衆《げす》どもを殺そうと具体的な計画を立てて、凶器を調達する寸前まで至ったことがある。幸いにして未遂に終わったが、我ながら自分は異常者なのではないかと悩んだものだ。

あの当時は妄想でしかなかったけれど、アースフィアでは聖鍵があれば本当に実現できてしまう。オークに限らず、俺の大嫌いな連中を残らず消し去ることだって可能かもしれない。いや、可能なのだ。シミュレーションの結果、目算は立ってる。今はまだ実行に移すべきか迷っているだけだ。

「ったく、目覚めから最悪の気分だ……」

朝起きると同時に状況の変遷に目を通す。どうやら俺が昨日最後に下した勅命が功を奏したらしく、オークのグド族とかいう連中に対しては他の区域に逃げられないよう封鎖線を引いたうえでの包囲殲滅《せんめつ》戦が行われたようだ。人間の女性がさらわれていた場所は俺が全滅させた集落以外にもいくつかあったようで、スカウトドロイドが転送装置を直接運びこんで救出し、メディカルルームでの療養が行われているとのこと。このあたりは俺の昨晩の作戦が参考にされているようだ。また、今回俺の命令のおかげで大量破壊兵器の使用認可が下りたと判断されたらしく、オークの集落を岩盤を崩してまるごと潰すような作戦も実施されたらしい。なるほど、種の殲滅という路線を打ち出すとこうなるわけか……。

この報告を見ても、俺のなかにはこれっぽっちも後悔なんてなかった。オークには当然のように女子供も含まれているだろうが、メスはオスを大量に生むし、子供もいずれは大人になる。芽は一つ残らず摘まない限り、雑草は何度でも生えてくるものだ。この点において変な妥協をするべきじゃない。

一方、俺が送りこんだメタルノイドは例のイヴィルエルフ……シュダを捕捉したようだ。魔法が一切効かないメタルノイドに対してシュダは必死に逃げ回っているらしい。ははは、そいつはおまえが死ぬまで追いかけるぞ。溶鉱炉か火山の火口にでも放りこまない限りはな。

さて、今日はどうするか。そうだな……せっかくだから、アースフィアに降りて散歩でもしよう。マザーシップに籠もってばかりじゃ、つまらないしな。せっかくだから観光が楽しそうな場所にしよう。早速ルナベースで「日帰り旅行　おすすめ」と検索する。いくつかの候補のなかから俺が選んだのは温泉街だった。早速転移して、意気揚々と向かったのだが……。

「しまった、金がない」

いざ温泉に入ろうと入浴料を支払おうとしたタイミングで気づいた。いや、もっと早く気づけという話だよな……。一応金策プランはあるが、実行に移すのはいろいろな理由から明日の予定だ。今日のところはどうしようもないということか……？

「いや、まだだ。まだ終わらんぞ！」

俺の脳はとっくに温泉モードになっているのだ。入るまで帰ることはできん。金を払わないと入れないというのなら、無料で入れる風呂を探せばいいだけの話だ。そういう場所だってあるかもしれないと思って検索したのだが、無料でやってるところはこの街にはないらしい。がっかりだ。いや、待てよ。別にこの街でなきゃいけない理由はないんじゃないか。そもそも俺のこの手にはなにがあるのだったか。不可能を可能にする万能チートツールがあるのではなかったか……！

ひらめきと直感に従い、あるワードを検索。さらにその座標へと瞬間転移で跳んだ。俺がやってきたのはとある山だ。もちろん登山に来たのではない。

「この洞窟だな」

一応危険はないという情報がルナベースにあったが、念のためにスカウトドロイドを先行偵察に出し、先客がいないことを確認。照明代わりの哨戒《しょうかい》ドローンを前方に浮かせながら洞窟のなかを進んだ。また洞窟かよ……という話だが、地下迷宮のように入り組んだりもしていないし、あちらが土と岩ばかりだったのに対して、こちらの天井には鍾乳石《しょうにゅうせき》がぶらさがっている。やがて少し卵臭い湯気が漂ってきた。ゴールは近い。

「ここか！」

洞窟の最奥。そこにあったのは源泉だった。今のところ、誰のものにもなっていない……いや、今この瞬間から俺のものになった源泉であった。

そう、俺の目的はこの源泉からお湯を引いて自分のための温泉を作ることだ。

現在進行形で金がない以上、温泉街での観光は諦めるしかない。しかし、俺には聖鍵がある。マリー・アントワネットじゃないが、パンがないならお菓子を食べればいい。温泉に入る金がないなら、温泉を造ればいいというわけだ。とはいえ当然といえば当然だが、聖鍵には温泉の引き方とか施設の作り方なんてものはプログラムされていない。ルナベースで随時検索しつつ、アドリブでやっていくしかないだろう。

「まずは一番簡単な路線から攻めてみるか」

——聖鍵、起動。ドラム缶を召喚転送！

目の前にドラム缶が現れた。どうもこれもスカウトドロイド用の隠密《おんみつ》装備らしいが、いったいどうやって使うというのだろう。ともあれ、次は源泉を……。

――聖鍵、起動。ええと、ええと……源泉をドラム缶のなかに転送。えーと三リットルぐらい？

ドラム缶のなかからむわっと湯気が湧き上がる。俺の適当極まる指示出しのニュアンスを汲《く》み取《と》って忠実にやってくれる聖鍵さん、マジリスペクトっすわ。次は源泉を埋めるための水だな。マザーシップから持ってきてもいいけど、せっかくだからここは湧き水を汲んでこよう。

――聖鍵、起動。ここから一番近くの湧き水を汲める安全な場所に俺を転送！

景色が一気に変わり、緑深い山のなか。清水が岩の間から流れて、たまり水ができている。どうやらどこかの河の最上流のようだ。ドロイドトルーパーを二機ほど召喚してポリタンクに水を汲ませる。再びドロイドトルーパーともども転移でドラム缶の前に戻った。超宇宙文明の先進技術をもの凄《すご》くアナログな作業に使ってる俺っていったい。あとは温度を調整しながらドラム缶に水を入れていく。ちょうどよい湯加減になったところで、ついに完成だ。温泉のお湯を使っただけのドラム缶風呂ではあるが、こんなものでも頑張ってやっただけにちょっと感動する。

「さて、入浴タイムといきますか！」

ドロイドトルーパーに念のため入り口を見張らせつつ、パワードスーツも服も脱いで真《ま》っ裸《ぱだか》になる。今、この瞬間はほぼ完全に無防備なので、魔物に狙われたらひとたまりもない。聖鍵だけは空間収納装置《インベントリ》に入っているので、いざというときは緊急転送で逃げることはできるが。こういうときに備えていつでもすぐにパワードスーツを装着できるブレスレットとか開発できたらいいかもしれない。ともあれ、いつまで考えに浸っていても仕方がないのでさっさと念願のドラム缶風呂にドボンだ。

「ハァァ〜、生き返るぅ」

念入りに調整したおかげで、いい湯加減。ここ数日の疲れが溶けていくようだよ……。

聖鍵のおかげとはいえ、自分で調べて自力で頑張って……いや、ドロイドトルーパーのお手伝いはあったけど、とにかくルナベースの推奨に拠らない俺の願望を実現することができたのだ。胸の奥から達成感が湧き上がってくる。

しかしこう、あれだね。聖鍵は俺の思いつきも叶《かな》えてくれるアイテムでもあるわけだ。時間も距離もすべて無視してやりたいことをやれるわけだから、遊び道具としてもなかなか優秀といえるのかもしれない。しかも俺以外に使うことはできないので、悪人の手に渡る心配もない。唯一、俺が誰かに洗脳されて聖鍵を使わされる可能性はあるが、ディオコルトの情報を見て以来、精神遮蔽の指輪をすでに開発中である。大丈夫だ。

でも、今回こうして聖鍵があるからなんとかなったけど、やっぱり金がないのは不便だな。マザーシップで暮らすだけなら別にできるけど、心のないロボットとともに戦況報告を聞きながら食堂でただ一人出される料理を食べるだけの生活は精神的にきつい気がする。いや、確かに俺はニートになりかけてたけど、それは家から一歩も出なくてもネットを介して消化しきれないエンターテイメントに接続できたからに他ならない。でもアースフィアにそんなものはないのだ。ルナベースにあるのは情報だけで、ユーチューバーたちによる面白い動画が投稿されているわけでも、ゲーム実況動画が上げられているわけでも、歌ってみた動画のランキングをチェックできるわけでもない。聖鍵も超宇宙文明も凄《すご》いかもしれないけど、やっぱり面白いっていうのとは直結してない。やはり経済活動には人同士の交流、潤いがなくては。

「リオミは今どうしてるかな」

その言葉は深い意味もなく、唐突に口から飛び出ていた。言ってた俺が自分で驚いたくらいだ。だが一度口に出してしまうと、それまで考えまいとしていた思考が津波のように押し寄せてくる。リオミは今、どうしているだろう。怒っているかな。それとも泣いているかな。あるいは俺のことなんてケロッと忘れて、父親や母親に甘えているだろうか。いいじゃないか。彼女にはその資格がある。十年間努力して実を結んだ天才が、世界を救ったのだ。報われるべきだ。あの子に待ち受けているのはバラ色の未来でなければならないだろう。

はたしてその未来に、あの子の隣に……俺が立っていてもいい場所はあるのだろうか。

そもそも俺がアースフィアで自分にできることを探そうと思い立ったのは、あの子の在り方に触発されたからではないだろうか。ちゃらんぽらんな生き方を、そうせざるを得なかったとはいえ選んできた俺がアースフィアに召喚されることで摑んだこのチャンス。聖鍵なんてチートアイテムを手にしてすら、なんの成果も得られませんでしたでは済まされない。聖鍵があるからこそ、やらねばならないのだ。聖鍵を使えるのが俺だけだからこそ、俺以外にはできないようなことを果たさなければならないのだ……。そうでなければ、リオミが憧れ、唄われるような予言の勇者には、なれない。魔王を倒したから勇者なのだと誇れるような自信はない。勇者として、俺はみんなのためになにをしてあげられるだろうか？　それを理解するにはアースフィアという世界を知らなければ。

ああ、そもそもリオミには旅に出ると言って別れたんじゃなかったか。それなのに俺はこんな洞窟でなにをやっているんだろう。でも旅に出るためには明日の計画を履行する必要があるわけで、やっぱり今はこれでもいいのか。ああ、いつもどおりに答えが出ない。答えを出さない。だからこその思考迷宮——。

「ぬわっ⁉」

気づいたら湯船のなかでウトウトして、寝そうになってた。あやうく温泉を飲んで溺れるところだったよ。危ない危ない。こんなのが予言の勇者の最期だなんて、それこそ笑い話にもならん。

「……出るか」

心身ともにリフレッシュできたし、一度マザーシップに戻るとしよう。


とはいえ、戻ったからと言ってやることはない。地下迷宮の攻略進捗を見るくらいだけど、まだ起きてから三時間しか経過していないとあっては、それほどの進展もなさそうだ。昼には少し早かったけど、食堂で適当に食事を済ませてから、ブリッジに入った。

「まあ……慣れておいたほうがいいんだろうな」

少し憂鬱になりながらも、それでも今後戦ったりするときにドロイドのマニュアル操縦で慣れておいたほうがいいというのは、俺とルナベースの一致する見解でもある。やりたくないからといってサボっていては、地球にいたときの俺となにも変わらないしな。昨日のように深夜帯に疲れていた体を酷使するわけじゃないし、気楽に行くとしよう。

今回も昨日操作したのと同じスカウトドロイドで、装備も変わらない。オークのほうは俺の手を離れてるし、今回はイヴィルエルフのシュダとメタルノイドが遭遇戦を繰り広げたあたりを重点的に調べてみるとしよう。

『昨日見回ったところよりも、だいぶ入り組んでるな』

オークが集落を作っていた場所は広い空洞から狭い通路がいくつも伸びているといった感じだったが、こっちは迷宮洞窟の名にふさわしい狭い通路や分岐点が交錯するエリアだった。

『参ったな。隠れる場所がほとんどない』

一応は光学迷彩があるので不意の遭遇があっても対応できるとは思うが、昨日のような大きな岩陰などの遮蔽物は一切ない。オートマッピングのおかげで迷う心配はないし、いざとなれば緊急転送でいつでも帰還できるとはいえ、心臓にはよろしくない。まあ、今操縦してるスカウトドロイドに心臓はないけどさ。

ルナベースのデータによると、このあたりに出てくる魔物はミノタウロスだそうだ。迷宮の番人として有名な牛頭《ごず》の巨人だ。正直、スカウトドロイドの戦闘力だと単体ではまず勝てない。不意打ちをしても急所に当てなければ一撃で倒すことはできないだろう。今回ばかりは残機制だと割り切って、やられても気にしないで行こう。

慎重に、ドローンを先行させながら進んでいく。すると、奇妙なものを発見した。

『あれは宝箱か？』

うへぇ、本当にあるんだ。ＲＰＧをプレイしてるときは洞窟に宝箱なんてあるわけないじゃんとか思ってたけど。しかし、こういうのは罠《わな》があるって相場は決まっているからな。むしろ罠に嵌《は》めるために敢えて宝箱を配置してるってところまである。

もっとも、これが普通のＲＰＧの盗賊とかだったら罠発見や罠解除に失敗することもあるだろう。しかし。

『中身は短剣みたいだな。宝箱に罠はないけど、手前に落とし穴があるっと』

超宇宙文明のサーチ能力を以てすれば罠も中身もすべて丸わかりである。わかってしまえば落とし穴は簡単に回避できた。宝箱を開けると意匠の凝らされた短剣が入っていた。ルナベースに画像検索をかけて、鑑定。どうやら急所攻撃のダメージがアップする効果のある魔法の短剣らしい。ていうか、コレ今の俺っていうかスカウトドロイドにぴったりじゃん。早速、腰部ハードポイントに装着。いい感じだな。

意気揚々と探索を再開すると、この辺は魔物よりも宝箱と罠が多いようで、次々にアイテムを発見できた。持ちきれないときはセーブポイント代わりに転送装置を配置してから帰還し、俺の空間収納装置に入れてアイテムを整理してから再度挑戦だ。

『うーん、昨日の戦闘よりもよっぽどダンジョン探検って感じ……おろ？』

ドローンのセンサーが壁に走る細いスリットを感知した。どうやら隠し扉のようだ。開け方はわからないが、しばらくいろいろ調べていると壁が勝手にスライドして開いていった。そしてなかは……。

『これは……部屋か。だいぶ古いな』

こんな地下迷宮の一角に住んでいた奇特なヤツがいたということだろうか。なかには本棚や机、そして簡素ではあるがベッドまであった。そしてそのベッドの上にはミイラ化したローブ姿の遺体が横たえられている。最初は突然襲ってくるんじゃないかと警戒していたが、瘴気《しょうき》の量からして、それはなさそうだ。机の上には日記と思《おぼ》しき書物。拾い上げて読もうとして、そんなことをしなくても簡単な方法があることを思い出した。センサーを使ってページを読みこみ、ルナベースに解析を任せる。ほどなくして俺の脳に日記の情報が直接書きこまれるという寸法だ。

『なるほどね。要するに国を追放された呪術師が、ここに落ち延びてたってわけか』

有り体に言うと呪術師というのは闇の瘴気を扱う魔術師のようなもので、基本的にはどんな国でも違法とされる存在だ。日記から呪術師がどんな人物だったのかまでは推し量れなかったが、ここに残された書物は貴重な情報源となりそうだったので、迷わずすべてルナベースにアーカイブした。一応埋葬してやろうと呪術師の遺体は転送装置を使って回収する。ここはセーフゾーンとして活用できそうだったので、掃除用のロボットを召喚して掃除させてから部屋を後にする。

その後、回収しきれなかったアイテムなどをそこに保管しながら探索を続ける。意外なことに魔物にはまったくと言っていいほど遭遇しなかった。ルナベースにそのことを問い合わせると……。

『なるほどね。特に強力なミノタウロスが縄張りにしている領域ってわけか』

どうやらミノタウロスという魔物はもともと同族同士であっても繁殖期以外は群れず、迷宮を縄張りにするらしい。逆に他の知性ある魔物とは共生することもあるらしいが、あまりにも強すぎる個体だと他の魔物が逃げてしまうらしい。となると、早急に居場所を見つけてセントリーボットなりメタルノイドをぶつけないとダメそうだな。一応、宝箱からいくつかの装備を手に入れてスカウトドロイドに装備させてるけど、だからといって勝てる相手じゃなさそうである。いや、ここはアレを使ってみるか？　まあ、ダメでもともとだしやってみる価値はあるだろう。

とまあ、そんな調子でくまなく調べていれば当然。

『あそこか』

この未制圧区域の奥のほうはこのあたりじゃ珍しく大きな部屋になっていた。ドローンの報告によると、そこがミノタウロスの根城らしい。そして、その部屋は別の区域に向かうための通路でもある。まさしく番人気取りというわけか。

『なっ⁉』

部屋にドローンを侵入させると、そいつの全貌が明らかになった。まず、でかい。ミノタウロスの標準的なサイズよりも一回り巨大。ゴズガルドほどではないが、それでも四～五メートルはありそうだ。そして、その手に持っているのは超大な両手斧。いわゆるグレートアックスというやつだ。スカウトドロイドなど一撃の下に両断されるのは火を見るより明らかだ。だが、俺が驚愕《きょうがく》したのはミノタウロスが情報どおりに強そうだったからではない。ミノタウロスの傍らに立つ耳の長い色白の細面《ほそおもて》のイヴィルエルフが、報告にあった人相に合致していたからだ。

『シュダのやつ……ここにいたのか！』

どうやらミノタウロスを服従の魔法かなにかで操って、部下にしているらしい。なるほど、ヤツにとってあのミノタウロスはボディガードというわけか。俺が発見した時点で自動的にメタルノイドには報告が行っているはず。まあ、シュダがあの場から動かないというのなら、慌てる必要はない。見張りにドローンを置いて、呪術師の隠し部屋へと向かう。到着と同時に部屋の転送装置が輝き、なかからメタルノイドが現れた。いや、現れたときそれがメタルノイドだと認識するのには若干の時間を要したが。

ショットガンとバイクを与えたはずなのに、装備していたのは巨大な剣。切れ味ではなくパワーで叩き切るタイプのゴツいやつだ。他にも迷宮内で手に入れたと思しき武器を大量に背負っていた。まるで弁慶のような出で立《い》《た》ちだ。どうやらメタルノイドは追跡モード中に失った武装を勝手に補充するようだ。シュダには光学兵器の類いが効かないという事前情報もあるので、メタルノイドは持ち前の膂力《りょりょく》で倒すことにしたらしい。そして俺の命令を待つでもなく、勝手に部屋から出ていった。もちろん居場所が判明したシュダの下へ向かうためだろう。俺も部屋に保管しておいた物資から装備を回収してから、光学迷彩モードでついていった。

「き、来たな化け物め!」

メタルノイドが部屋に入るなり、シュダがめっちゃ震えた声で叫んでいた。どんだけトラウマになっとんねん。

「はは、おまえなんて怖くないぞ。こっちにはコイツがいるんだからな!」

シュダがミノタウロスを誇示するように哄笑《こうしょう》すると、牛頭の魔物は呼応するように一歩前に出た。メタルノイドはどうでもよさそうにミノタウロスとシュダを交互に見比べている。いや、あれは感情とかがないだけで冷静に敵を見極めているのだ。

さて、戦いが始まりそうではあるが……俺は俺で勝手にやらせてもらうとしよう。もともとシュダと戦う予定はなかったのだし、試したかったことを試してみるとする。まず俺は光学迷彩モードのまま、シュダにハンドレーザーガンを発射した。シュダの目の前で光線がパァンと弾《はじ》けて霧散する。

「なにっ、伏兵か⁉」

続けて慌てることなくミノタウロスにも発射した。今度はミノタウロスの皮膚を焼き、わずかとはいえダメージを与えられたことを確認できた。よし、やはりシュダの光学兵器防御は自分限定だっていう情報は間違いなさそうだな。

「隠れても無駄だぞ！《万物の根源たる魔素よ。わが意志に応え、かの姿をさらけ出す力となれ！不埒《ふらち》なる者どもは、隠れ潜むことあたわず。アンチ・インビジビリティゾーン》」

ぬおっ、透明化解除領域の魔法か！リオミのような短縮詠唱ではないようだが、こちらの光学迷彩は解除されてしまった。これは予定にはなかったな。

同時にミノタウロスとメタルノイドも動いた。互いを敵と認めたのか、グレートアックスとグレートソードが激しく鍔《つば》競り合いを演じる。激しい火花が交わされるなか、俺はハンドレーザーガンを捨てて、部屋から持ってきたある装備を構えた。

「そんなものは効かん！《万物の根源たる魔素よ。わが意志に応え、敵を滅ぼす雷と――》」

あれは《ライトニングボルト》の詠唱か。そんなものを食らったらスカウトドロイドなんて一撃でおじゃんだが……かまわん。というか、もとよりスカウトドロイドは捨て駒なんだよ！

そして俺が銃口を向けるのは鉄壁の光学防御を誇るシュダ……ではなく、メタルノイドとの力比べで動くことができないミノタウロス！

『喰《く》らいやがれ！』

スカウトドロイドが発射した光線は過《あやま》たず、目標に命中。

「ギッ……」

そんな短い悲鳴のようなものを上げた瞬間、哀れミノタウロスは塵《ごみ》と化した。

「え？」

目の前で起きた事態が理解できずに詠唱を中断してしまうシュダ。当然その隙をフリーになったメタルノイドが見逃すはずもなく。

「ま、待て。話し合おう。そうだ、俺と手を組――」

なにか言いかけたシュダはメタルノイドが振り下ろした大剣に一刀両断されたのだった。

こうして、対シュダ戦は本当にあっけなく決着した。メタルノイドだけでもひょっとしたらなんとかなったかもしれないが。それでも俺が最初にシュダを見つけたことはヤツにとって最大の不運だ。

ぶっちゃけた話、俺のスカウトドロイドとミノタウロスがタイマンしていたら、不意打ちが成功しない限りは絶対に負けると思っていた。逆に不意打ちさえ成功すれば、なんとかなっていただろう。なぜなら俺がミノタウロスを倒した光線銃はどんな敵でも一撃で原子分解してしまうディスインテグレーターだったのだから。そう、実を言うとディスインテグレーターは俺専用ではないからドロイドトルーパーにも装備可能なのである。エネルギー効率の関係で標準装備になっていないだけで、一発だけなら撃てるのだ。

仮にスカウトドロイドでシュダに立ち向かっていた場合、こちらに打つ手はなかったんじゃないかと思う。不意打ちでナイフで刺すという手も、ヤツが透明化対策をしていた以上、絶対に成功するとは言い切れない。ディスインテグレーターも無効化されていただろうから勝ち目はなかった。だからこそ俺は素直にメタルノイドを連れてきて、ミノタウロスを足止めしてもらいつつ、シュダを倒してもらったのだ。俺が最初からミノタウロスにディスインテグレーターを撃たなかったのは、万が一にも光学防御がないことを確認するためだ。一発しか撃てないんだから、無駄にするわけにはいかない。

つーか、メタルノイドさん強すぎでしょ。ひょっとしたら俺が手を出すまでもなく、数合打ち合っていたらミノタウロスを倒していたかもしれん。たぶんだけど、あのミノタウロスのパワーとあの斧じゃメタルノイドの装甲に傷一つつけられなかっただろうし。そりゃもちろん衝撃で吹き飛ばされたりはしたかもしれないけど。でもその場合、ミノタウロスを倒せたとしてもシュダにはさらに奥へと逃げられていただろうな。あの臆病なイヴィルエルフがそのための準備をまったくしていなかったとは考えにくいし。

　さて、反省会はこれぐらいにして。なんだかんだで長丁場の探索になったから、肉体のほうはだいぶ疲れていた。どうやらマニュアル操縦は聖鍵をずっと起動しっぱなしにするせいかもの凄く精神力を消耗するようだ。今回はなんだかんだ夕方までずーっとスカウトドロイドやってたから、疲労の度合いでは昨日よりもひどいかもしれない。でも、血と殺戮《さつりく》の狂宴のなかで殺人マシーンになりかけた昨日とは違って、今日は正気を保ったまま行動することができた。やっぱりオークの集落で見たアレが、だいぶ俺の心に影を落としていたってことなんだろう。

「それとやっぱり、温泉パワーなのかな」

　今日の戦いの疲れを取るために、俺は例の洞窟でドラム缶風呂に入っていた。今度はちゃんと源泉から直接ポンプを引いて、自動補給ルーチンで汲んだ湧き水と四十二度で混合するように調整してからドラム缶に給湯できるよう設備を整えた。おかげで蛇口を捻《ひね》って少し待てば風呂が沸く。じっくりと浸《つ》かってから上がって、事前に持ってきておいたバスローブに身を包んでから、洞窟を出る。

　火山の中腹からアースフィアの夜空を眺めた。見たこともない、知らない星座の輝きが全天に渡って広がっている。美しいが、やはり一人で見るのはどうにも味気ない。仲間がいないのはまだ準備段階だから仕方ないと自分に言い聞かせつつも、やはり自分はこのままぼっちで生きていくしかないのではないかとも思ってしまう。事実、聖鍵の力があれば仲間がいなくてもやっていける。やって、いけてしまう。別に仲間が欲しいとか思っているつもりはない。事実、今までは本当の意味で誰かに気を許したりすることなく生きてきたのだし。いや、それは俺が目立たず騒がず社会に影響を与えることなく、テキトーに生きていくつもりだったからだ。無為に過ごす日常のなかで興じるさまざまな娯楽のなかに、なんとかして生きる意味を見出《みいだ》そうと必死だったからにすぎない。

アースフィアでは、違う。俺は勇者にふさわしい力を所有し、ひょっとしたら全知全能に近づけるのではないかとすら思える聖鍵を所持している。その力を用いて、できるだけ多くの人々を救いたいと考えてしまっている。そんな大それたことが、はたしてできるのだろうか。聖鍵にはそれだけのスペックが仮にあるとして、俺なんかに使いこなせるのだろうか。そうだ、結局はそこに行き着く。聖鍵がある限り、絶対に逃げられない命題。無能な三好明彦《みよしあきひこ》は全能の力を使って成し遂げられる男に、勇者と呼ばれるにふさわしい存在になれるのかという一点に集約される。

俺は、無意識のうちに、星々に向かって手を伸ばしていた。

「やれるさ……アースフィアでなら。聖鍵さえあれば、俺にだってやれるはずなんだ」

それは後々のことを思えば……とても卑しく、手前勝手で、無様な思いこみにすぎなかったかもしれないが。このときの俺の胸は希望で満ちていた。

日本で絶望と諦観に沈んでいた魂が。異世界で、人生を賭けて全うすべき使命を見つけたと。そう錯覚できたおかげで救われていたのも、また確かな事実だったのだ……。

外伝　魔を極めし王女の決意

アキヒコ様が旅立たれてから三日。私は、多くの時間を部屋で目を泣きはらすのに使った。目の前でアキヒコ様が消えてしまったとき、真っ暗な世界に一人取り残された気がして、怖くて怖くて涙した。頭ではわかる。アキヒコ様のおっしゃっていたこと。ご自身の力が国に害を及ぼすから、残れないのだと。

だけど、感情がついてこない。なんでいっしょにいられないの？　一人で行ってしまわれるの？　どうして……私を連れていってくださらなかったの。アキヒコ様がアースフィアに残ってくださると聞いて、とても嬉《うれ》しかったのに。すぐにこんな裏切りが待っているなどと、タリウス師の占術だって予見できまい。

アキヒコ様への想《おも》いや怒りが全部ごっちゃごちゃになって、自分でも整理できなかった。あのとき、私がいっしょに連れていってほしいと言ったら、アキヒコ様は世界を敵に回してでも、自分をさらってくれたんじゃないか。そんな、有りもしない押し付けの幻想を抱いてしまうほど、私はどうしようもなくなってる。

自分はこんなにも、醜くて身勝手な人間だったのか。

「まあ、普通に考えて。俺は用済みだしね」

用済み。あの言葉だけはどうしても許せない。あの方の口からだけは、絶対に出てほしくなかった。でも、それさえも押し付けだったのではないか。アキヒコ様に重みを背負いこませていただけではないのか。その重みがお嫌で、私から距離を取ろうとしたのではないのか。

私は、あの方にとって重い女。そんなのは、いやだ……。でもだからって、この胸の痛みをどうすればいいというの。

最初は追いかけようと思った。探索の魔法は手間がかかるけど、私なら使えないことはない。あの方が使っていた部屋から毛髪を見つけ出し、触媒とすればいい。

でも少なからず自信があった私の試みは、あっけなく失敗した。あの方はアースフィアの地上にはいないとわかっただけだった。きっとあの方は、アースフィアの空、ずっとずっと高いところにいるのだ。アースフィアのどんな魔法を使っても、決してたどり着けない高みに。

あの方は予言の勇者様。私にとっての救世主。だから、多少は想いに補正がかかっていたことは認めよう。でも、私の気持ちは本物だ。生まれてきてからこの方、あんな想いを抱いたことはない。これが寝物語に語られるような恋なのだとわかるまで、時間はかからなかった。

ともにいた時間は短かったけれど、あんなに濃い一日を過ごしたことは、修行時代にもない。ずっと驚かされっぱなしだった。ハラハラした。聖鍵《せいけん》の力と機転で、私たちを窮地から救ってくれた。アースフィアの本当の形、美しさを教えてくれた。魔王を滅ぼした力もさることながら、そこに至るまでの決断の早さには、もはや驚きを通りこして言葉もない。お父様とお母様と再会したとき、そっと身を引いて去っていった気配りに涙が出そうになった。

そして、壇上での演説。つたなく、技巧も計算もない想いを吐露しただけの叫び。でも、あの方の言葉に心動かされなかった貴族はいないだろう。領民や家族を魔王によって直接的、あるいは間接的に奪われ、心に傷を負っていた者たちだ。アキヒコ様はロードニア主要支配階級の大部分の支持を得たのだと気づいていなかったのだろうか。

「はじめてだったんだ。自分のしたことを誰かに喜んでもらえたこと」

絶対にそんなことないと思う。あの方がそう思いこんでいるだけだ。無意識の行動で、人々に感謝されていたはずだ。その人たちは、どうしてアキヒコ様にお礼を言わなかったのかと思うと、怒りがわいてくる。アキヒコ様は、まわりを引っ張っていく力があるのだ。ただ単に自分を低く見積もって、損をしているように思える。

あの方はもう、会いに来てくれないのではないか。私はきっと、あの方のトラウマを抉《えぐ》ってしまったんだ。傷つけてしまったんだ。いつでも会えると言っていたけど、それはアキヒコ様がその気にならなければ、決して出会えないということだ。アキヒコ様は私にいつでも会いに来られるけど、私からは決して近づくことができない。

あんまりだ。こんな仕打ちはあんまりだ。こんなことなら、好きにならなければよかった。魔王を倒してもらって、すぐにお帰り願えばよかった。いや。そもそも、どういう形であれアキヒコ様とのお別れが来ることをわかっていたのに、勝手な想いを抱いたのは私じゃないか。どこまで自分勝手なんだ。

「私、どうすればいいの」

こうやって今日も一日、枕を涙で濡《ぬ》らすのか。もう私は傷心のまま、どこへも行けないのではないか。こんな痛みがずっと続くと思うと、消えてしまいたかった。

扉がノックされる。

「リオミ王女、王妃がお呼びです」

「……すぐに行きます」

王族を敬称略することが許されている唯一の侍女、フェイティスだ。彼女は、私が幼いころからずっと世話をしてくれた人だ。お父様とお母様が石になってしまわれた後、私を支えてくれた人。姉のように慕っていたが、彼女と距離を感じるようになったのは、いつからだろう。

お母様の部屋に顔を出す。あんなにお話ししたいと思っていたはずのお母様と会うのが、今はわずらわしくて仕方ない。どんなお説教があるのだろうと身構えていると、意外なお言葉をいただいた。

「リオミ。アキヒコ様がタート＝ロードニアを離れたのは、わたくしたちのせいでもあるのです」

「……はい？」

おっしゃっている意味がわからない。あの方が去っていったのは、私のせいなのだ。怒りを覚える。あの方が去っていった理由まで奪われると思うと心穏やかではいられなかった。

「お母様。なにを根拠にそのような」

「あの人が事を性急に進めようとしすぎたのです。あなたもおかしいと思ったでしょう。突然、食事の席であのようなことを言い出して」

覚えはある。あの方が去っていった日の朝、お父様はいきなり私の結婚の話を持ちだした。確かに、私は年頃だ。お父様とお母様があんなことになっておらず、弟でもできていたら、私はエーデルベルト王国に嫁いでいたはず。

とはいえお父様、アキヒコ様の前であんな話をして！　あのあと、フォローに慌てたものの、アキヒコ様がまったく意識していなかったことにも内心腹を立てたものだ。

「はあ。その様子では、あなたは気づいていなかったのですね」

嘆息するお母様。いったい、なにに気づいていなかったというのか。

「お父様はね、あなたとアキヒコ様をとりもつおつもりだったのですよ」

「えっ……」

「アキヒコ様を王族と同等に扱っていたでしょう？」

「で、でもそれはあの方が、予言の……」

「そうであっても、客賓として扱うのが妥当です。わたくしも、そうすべきだと苦言を呈したのですが」

お母様が頭を抱える。聞けば聞くほど、確かにおかしな点はいくつかあった。兵たちもアキヒコ様を異常なほど丁重に扱っていた気がする。てっきり、魔王を倒した英雄に対する態度だと思っていたのに、そんなことが。

「あなたが話してくれたではないですか。八鬼侯《はっきほう》と遭遇したときに見せた、アキヒコ様の機転を。あの方は確かに聖鍵の力を使いこなすこと以外に長《た》けているところはないかもしれないけれど、決して考えることをやめない方だと。敏感ではないですが、状況を分析し続けることを絶やさないのだと」

私はお父様、お母様と再会したあと、いかにアキヒコ様が素晴らしいかを語りきかせた。お二人とも、嫌な顔一つせず聴いてくださった。ちなみに聖鍵を使いこなすしか能がないみたいな言い方は、私は断じてしていない。鈍感みたいな表現は使ってもいない。あの話のどこを聞けば、そんな解釈を導き出せるというのか。私の主観や脚色が含まれていたものをお母様なりにかみ砕いて話してくださっているのだろうが。

「お父様は入念に根回しして、アキヒコ様とあなたが結ばれるよう、取り計らっていたのよ。アキヒコ様も最初は気づいていなかったのでしょうけど、さまざまな状況証拠から分析して、真実にたどり着いたのでしょうね。わが国に取りこまれると思ったのでしょう。そういうのがお嫌いだとしたら、逃げ出しても仕方がありません。お父様も反省してらっしゃいましたよ。事を急ぎすぎて、結果としてリオミを傷つけることになってしまったと」

そうだとしたら、やっぱりアキヒコ様がこの国に帰ってくることはないのではないか。結婚がお嫌で出ていったのなら、私に会いに来てくれるはずがないではないか。私の想いがわずらわしかったから、離れていったということではないか。

「……まだ自分のせいだと思っているのね、リオミ」

口調を崩して頭を撫《な》でてくれるお母様。お母様にとっては、ついこの間まで七歳の子供だった私。子供扱いしないでほしいと思うが、お母様のことを思えばそれは言えない。なにより、撫でられていると昔を思い出して落ち着いた。

「いいこと、リオミ。別れを告げるということは、その人にとって別れの言葉をかけないといけないほど、大切に思っていたということなのよ。みんなの力になりたいと言った人が、唯一、あなたにだけは別れを告げた。そのことをもっと、汲《く》み取《と》ってあげてもいいのではなくて？」

……そうなんだろうか。そうだとしたら嬉しいけど、それでも別れを告げられたほうはたまったものではない。

「別れのとき、アキヒコ様はどんな顔をされていたの？」

「……笑っていました」

「なら、信じてあげたら？　また会いに来てくれると言っていたのなら」

「本当に、来てくれるでしょうか」

「女は待たされる生き物よ？　男を待たせるのもいいけど、わたくしはそちらのほうが好きね。待たされるということは、自分が殿方の帰るべき場所になっているかもしれないということだもの」

「お母様は強い、です」

私のつぶやきに、お母様はくすくすと笑った。

「リオミ、これだけは約束しなさい。再会したらいろいろ言いたいことはあるでしょうけど、一番アキヒコ様に伝えたい言葉だけを言いなさい」

「それはどうして……」

「言葉なんて、たくさん言ったところで、多くのことは伝わらないわ。だから、たった一つの言葉だけに魔法をかけなさい。あなたの声は、アースフィアに祝福されているのだから」

考えこむ私に、お母様は口調を戻して続ける。王妃としての言葉だ。

「今度は決してアキヒコ様と離れてはなりません。離れようとしてきたら、すぐに捕まえなさい。あなたがアキヒコ様の心を射止めるのは、この国の最大の国益になると心得なさい。そして、心の声に従いなさい。たとえ、タート＝ロードニアの王女という立場であってもです」

力強く断言した。なるほど、これが無数にいたライバルを跳《は》ね除《の》けてお父様と結ばれた女の根幹なのだろうと納得した。その女傑の血が、私にも流れている。

「かしこまりました、お母様」

まだ、傷の痛みが癒えたわけではないけれど。もうぐずぐずと泣いているだけの日々には、さようならだ。あの方が帰ってきたときに伝えるべき言葉がなんなのかを、自分のなかから探し出さないといけない。それはどんな公務や修行よりも、やりがいがありそうだと思った。

第五章　剣聖アラム

　タート＝ロードニアを離れてマザーシップで暮らし始めてから三日目の朝を迎えた。迷宮洞窟地帯を利用した実験は一旦終了し、制圧した区域に関しては現状を維持することを決定。現状の装備やユニットでできることはほぼ網羅し、ドロイド越しとはいえ実戦も経験した。これでようやく完全にすべての準備が整ったと言える。そしてこの三日目こそが、俺にとっての真の活動開始となるのだが……予定の時刻までは、まだだいぶ余裕がある。

　にもかかわらず、やるべきことはすべて終えていた。不覚にも、終わってしまっていたのだ。没頭していた作業がなくなった途端、俺はある人物のことを思い出していた。無性に会いたくなってくる。

「リオミ……」

　あんな形で別れてしまった手前、会いにいくのは憚《はばか》られる気もする。いや、別れるにせよ、もっとマイルドなやり方はいくらでもあったはずだ。あんな方法を取ってしまったのは当時の精神状態のせいもある。だけど、そんなの彼女にとっては言い訳にもならないだろう。

　どうして俺は……いつも、あんなやり方を選択してしまうのか。

　きっと怒っているだろう。恨まれていても仕方がない。予言の勇者に裏切られた事実は、いかばかりか。さすがの俺だってリオミの好意がただの憧れでないと気づいていたのに。表面上は丁重に、差し障りのないよう、壊れ物を扱うかのように……そしてリオミの心を踏みにじった。

「謝りに行こう」

それで許されるとは思っていない。ただの自己満足だ。いつでも会えると言っておいたのは、自分に対する言い訳をするための保険だった。会いにいくと言っておいたから会いにいくという理由のための理由。さらに言えば、次の俺の計画を実行するためにリオミのコネを利用する腹積もりもあるのだ。

そうだ。ここまで最低な自分なら、彼女の好意を受けるに値しない人間なのだと自覚できる。それでいい。今までどおり自己否定していればいい。不幸な人間を気取るのだ。漫然とした人生を送るならば、自分が社会に認められないはぐれ者だと思っておいたほうが都合がいい。これなら会える。どの面下げて会いに来たのだと言われても、笑っていられる。

――聖鍵《せいけん》、起動。

俺はちっぽけな想《おも》いを胸に、うわっつらの覚悟を決めて、タート＝ロードニアへ転移した。

転移先に選んだのは城の前。城下町から歩いてこようかとも思ったのだが、いざとなると踏ん切りがつかずに引き返してしまいかねない。ここは背水の陣だ。もちろんリオミのところに直接転移するのは、いろんな意味で論外である。

「リオミ王女に、お目通り願いたい」

「……は、ただちに！」

門兵が幽霊でも見るかのような顔で俺を眺めていたが、あらためて声をかけると自らの役目を思い出して他の兵士を呼んだ。そこからは何事もなく応接間に通される。リオミはいない。まあ、最初から待つつもりだったから問題はない。謁見の間に通された場合、王と王妃に会うことも想定していた。黙って出ていったことを咎《とが》められる覚悟もしていたのだが。あの兵士たちが俺の訪問を王に報告しないはずがない。となると、リオミ王女に会いに来たという俺の意を汲《く》んでくれたのか。

そうだとしたら、ありがたい。

深呼吸する。やることは決まっている。まずは別れ際のことを謝る。そこからは近況を話して、それから……なんだっけ。くそ、また頭が回らなくなってきやがった。いつもそうだ。肝心なときに。

……思い出した。アレが本題のはずだ。忘れてどうする。俺が意識してないだけで、本題が建前だとでも言うのか？　ばかな。

「リオミ王女がお見えになりました」

ノックと同時に、聞き覚えのあるメイドさんの声。

扉が開くと、そこには……。

「リオミ」

「アキヒコ様」

席から立ち上がる。

――……。

リオミは少し驚いていた。呼吸するのが難しい。頭が真っ白になる。リオミが入室し、メイドさんが外から扉を閉める。二人っきりに。

――……。

「お座りください、アキヒコ様」

「あ、ああ……」

着席する。リオミも座った。リオミに笑顔はない。怒っているのか。無表情だ。俺の目を見てはいない。顔をうつむかせ、視線が安定していない。リオミは、なにも言ってこない。言ってくれない。

胸がむかむかしてくる。リオミにむかむかしているのではない。なににだ、なににむかむかするのだ。リオミは話さない。俺も話さない。なにか言わねば。なにを言おうとしていたんだ。なにかあったはずだ、言え！　思い出せない。だったら、今思っていることを言え！

「会いたかった、リオミ」

思ったことを言った。確かに嘘《うそ》じゃない、嘘じゃないが、今言わなきゃいけないことはそれじゃなかったはずだろ！　なんで思い出せないんだ。リオミは一瞬だけ肩を震わせたが、まだ俺の目を見てくれない。いや、それ以前に俺も彼女をまっすぐ見ていないことに今更ながら気づいた。なにをやっているんだ。計画を履行しろ。謝罪だ。そうだ、思い出したぞ。開口一番、謝るのだと決めておいたのだ。まだ間に合う、謝れ！

「私もです、アキヒコ様」

「そうか、それはよかった」

うつむいたままのリオミに、俺は気のない返事をする。

想定していた流れじゃなくなってきているぞ。さあ、謝れ。謝罪だ。謝罪を要求する。謝れ。

——……ごめんなさい。

「……ごめんなさい」

俺じゃない。リオミだ。先に謝られてしまった。違う、リオミに謝罪を要求してたんじゃない。

「俺のほうこそ、ごめん」

俺も言えた。先手はとられたが、問題はないはずだ。さて、次はなんだっけ？　ああ、雑談だ。

近況報告だ。待て待て、リオミはなんで謝ったんだ？　よし、この流れに乗ろう。

「リオミ、なんで俺に謝るんだ？」

リオミはなにも悪くないはずだ。さっきからなにかおかしい、リオミもおかしいし、俺もおかしい。俺じゃない感情が流れこんできているような、そんな感覚だ。混乱する。ばかな、俺はなにを言っている？

でも……リオミの悲しいという感情が流れこんでくる気がする。謝罪の気持ちが理解できる。彼女は本気でなにか悪いことをしたと思っている。それがなにかはわからないが。

？？？

なんで、そんなことがわかるんだ？　やっぱりおかしい。俺はどうにかなってしまったんじゃないのか？

――アキヒコ様にとって、私は……。

「アキヒコ様にとって、私は……」

――迷惑ではありませんでしたか？

「いや、迷惑だなんて、そんなことはないよ」

リオミが驚いている。なにを驚くことがある？　リオミが迷惑だったわけがない。

「あの……」

――私の言おうとしたこと、どうしてわかったのかな……？

「わかるもなにも……」

いや、待て。やっぱりだ。流れこんできている。リオミの感情、表層思考が俺のなかに流れこんできている！　なんでそんなことが起きる？　いや、可能性は一つしかない！

俺は空間から聖鍵を取り出した。

「きゃあっ!?　ア、アキヒコ様？」

リオミの驚きが俺に流れこんでくる。さっきよりも、はっきりと。やはり間違いない。こいつのせいだ。聖鍵が、リオミの感情や表層思考をリサーチしていやがる!!

そうか。超時空ネットワークに直結したせいで、リオミの考えていることや感情が俺に逐一報告されているんだ。コボルトたちが嘘をついていないのがわかったのも、この……マインドリサーチって機能がオンになっていたからなのか！　ふざけるな。人の気持ちをなんだと思っていやがる。リオミの気持ちを勝手に読むなんて。しかも俺に読ませるなんて。これ以上、俺にリオミを貶《おとし》めさせるな！

怒り混じりにオフラインにしてやる。これで大丈夫だ。聖鍵をしまう。

「ごめん、ちょっとね。それで……」

ようやく頭がクリアになる。冷静になった。さっきから、俺自身、奇妙な心のざわめきを感じていたが、あれはリオミの感情が混線していたせいだったようだ。リオミは自分を責めていた。自分のせいで俺がいなくなったのではないかと。まずは、その誤解を解いておこう。

「俺はリオミを迷惑だなんて思ったことは一度もない。誓ってだ。だから、顔を見せて」

はっきりと言うと、リオミもまた顔を上げてくれた。ああ、やっぱりきれいだ。でも、まだ表情が冴《さ》えない。

聖鍵がやらかしたことについては、まだ腹が立つ。だが、それは俺がマインドリサーチと聖鍵をオンライン化したことによる弊害を理解していなかったせいだ。自業自得とも言える。そんな自分にも腹が立つ。でも。おかげで、リオミがどれだけ追い詰められていたか、俺が追い詰めてしまっていたか、よくわかった。怪我《けが》の功名だ。

「あんなふうに別れたら、そりゃ怒るよね。俺もそこまで考えが回ってなかった。リオミの気持ちも考えずに動いて、ほんとにごめん」

しっかりと頭を下げる。きちんと謝っておく。これは最初から決めていたことだ。

「ア、アキヒコ様……」

頭を上げると、いろんな感情がない交ぜになった声でリオミが涙を堪《こら》えていた。ネットワークを切ってなかったら、とんでもないことになってた気がする。多感な女性の感情の動きはとんでもなく目まぐるしく、俺の想像をはるかに超えていた。女を泣かせるのは、罪。その重さを実感として噛《か》みしめてしまった。

「この世界にいる間は、俺は何度でもリオミに会いに来るよ。約束する。だから、泣かないでくれ」

ここに来る前の薄っぺらい覚悟など、吹っ飛んでしまった。あんなものは邪魔なだけだ。リオミに対する侮辱でしかない。最初から、リオミとまっすぐ向き合うべきだったのだ。聖鍵に教えられなければ気づけなかった。つくづく、俺は聖鍵頼みの男だな。

聖鍵の力がなくても、どうすべきかはもうわかっている。リオミと過ごした時間は短いかもしれないけど、これまでの人生で一番大変で、そして輝いていたんだ。

席を立ち、リオミの横に移動した。両手を広げる。

「アキヒコ様!!」

飛びこんできたリオミを迎え入れる。パワードスーツで強化された筋肉は、しっかりとリオミを受け止めた。迷うことなく抱きしめる。あやすように背中を撫《な》でてあげた。

リオミは泣き続けた。わんわん泣き続けた。俺の胸のなかで、すべての想いを吐露するように。ごめんなさいと、別れを告げられて悲しかったと、思う限りのことをひたすら叫び続けた。俺はただ、安心していいのだと。そばにいるからと伝えた。

リオミが上目遣いで俺を見る。俺は微笑《ほほえ》んで促す。

「アキヒコ様、お願いがあります」

「うん」

「私もいっしょに連れていってください！」

「うん。……え？」

え？

「アキヒコ様が旅に出るというのなら、私も連れていってください」

「で、でもそれは」

「私は待ち続けられるほど、堪え性のあるほうではありません。いっしょに行きます」

「いやしかし」

「これでも魔法の腕には少し自信があります。足手まといにはなりません」

「魔を極めし王女がご謙遜を」

「お父様とお母様の許可も取ってあります」

「まじですか」

「まじです」

「だからって」

「公務ならばお父様とお母様が復活した以上、問題ありません」

「そうじゃなくて、親子水入らずの」

「アキヒコ様の力を借りれば、いつでも会いにいけます！」

これはダメだ。なにを言おうとしても先手を取られる。聖鍵を取り出そうとして、うわっ！　聖鍵取られた⁉

「いっしょに連れていってくれると言うまで返しません！」

リオミが聖鍵をぎゅっと抱きかかえたまま、くるっと後ろを向いて俺の視界から隠した。こちとら動体視力強化してるし、パワードスーツ着てるんだぞ⁉　どんな動きだよ。

「と、とにかく返し――」

「返したら、また消えるのですね？」

「そんなことは」

「その汗！　その汗は、嘘をついている汗です！」

「うぎぎ」

汗を舐《な》めるマフィア幹部か、おまえは。

「また私に同じ想いを味わわせるおつもりですか？」

そして今度はにっこりスマイル。この笑顔はまだ見たことのない笑顔だ。こえぇ。女こえぇ。無理だ、これはなにを言っても勝てない。降参のポーズ。

「私、本当にすっごくすっごく辛《つら》かったんですからね！　もう、会いに来てくれないんじゃないかって！　アースフィアに残ってくれるって話のあとだったから、余計にショックだったんですよ！

どうしてくれるんですか⁉」

矢継ぎ早に繰り出される言葉の数々を正座で拝聴つかまつる。

「今回のことは許してあげます！　でも、今度同じことをしたら……」

「はい！　本当に申し訳ございませんでしたぁ！」

そして最後は土下座である。我ながら見事なorzであった。

「……お母様。私は待つより追いかけるほうがいいです」

つぶやきが聞こえる。床に頭を押し付けている俺には、そのときのリオミがどんな顔をしているか見えなかった。


あの後に扉が壊れて、聞き耳を立てていた王、王妃、メイドさんがなだれこんでくるイベントがあったりした。王族も案外暇人だ。真っ赤になったリオミが全員を叩《たた》き出《だ》したのは言うまでもない。

しばらく待たされた後、リオミが装い新たに現れた。白いマントに動きやすそうなチュニック、短めのプリーツスカート。修行時代の衣装だったんだそうだ。なんでスカートだったのかと聞いてみると「師匠がとんでもないエロジジイでして」とのお答えだった。なら、なんで着てきたし。その顔は言わせるなってか？　なんだかんだで年頃の女の子だなー。

「紹介状、ですか？」

「うん。そういうお願いをするつもりだったんだけど」

なんとかリオミに許してもらえた後、俺たちは城下町を歩いていた。なにを隠そう冒険者ギルドに向かっている。

「それなら、私がいっしょに行くんだから必要ないですよね」

「まー、そーなんだよねー」

本当はリオミに紹介状を書いてもらう予定だったのだが、本人がついてくる以上、なんの意味もない話になってしまった。そもそも、それが本題のはずだったんだけど。今まで言い出せなかった。

「でも、どうして紹介状が必要だったんですか？　ギルドに入って冒険者になるだけなら、誰にでもなれますよ」

「冒険者のランクを上げたかったんだよ。なんのコネもなく行けば、俺でもたぶん最低ランクからコツコツ始めることになってただろうから」

「うーん、そうでしょうか。予言の勇者であることさえ証明すれば、なんの問題もなかったのでは？」

「まあ、そうかもしれないけどね」

リオミの言うことはもっともだ。魔王を倒した英雄を、そうむげには扱わないだろう。結局コレもリオミに会う動機づくりだったわけか。我ながら、どこまでも女々しい。

「その辺は建て前で、やっぱりリオミに会いたかったんだと思うよ」

「……ぁぅ」

正直に思ったことを言ったら、借りてきたネコみたいになっちゃった。なにこれかわいい。ういやつよ。でも、あんまりからかいすぎると猫魔神に戻ってしまうので、やめておく。

しかし町中で転移を使うのはどうかと思って徒歩で移動してたのだが、やっぱり注目を集めてしまう。なにしろ、今回は護衛もお付きもなく、お姫様と二人っきりなのだ。人の口に戸は立てられぬ。王様の計画の後押しをしてしまっているかもしれない。でももう、それでもいいか。噂《うわさ》になったら、それはそれだ。ヒュプノウェーブ・ブラスターですべてなかったことにしてやる。特定のことを忘れさせるぐらいなら、許されるだろう。うん。許されるな。

「ところで、どうして冒険者になるのですか?」

リオミが素朴な疑問なのですがと前置きして聞いてくる。

「アースフィアで身軽に動ける職業に就きたかったんだよ。結局、今の俺は無職みたいなものだしね」

数年後、俺が地球でなるはずだった職業だ。ニートとも言う。泣けるで。

「聖鍵の勇者様ではないですか!」

俺の気も知らないで、リオミが笑顔で手を鳴らす。

「それは肩書でしょ。ハクはつくかもしれないけど」

「よくわかりませんが、なにかお考えがあるのですね!」

そんなキラキラした目で見られると言いにくいんだけど。まあ、あるにはある。

「実を言うと、お金を稼ぎたいんだ」

実際のところ別に食うにも寝るにも困っていないのだが、娯楽のない衣食住だけではただ生きているだけだ。それに世界の通貨を持っていないというのはなにかと不便になる。

「お父様に言えば、支度金ぐらいは用意していただけるかと」

「自分で稼いだお金じゃないとダメ。あと、悪いけどあの王様に借りを作りたくない」

「あー、なるほどです」

なんか納得してもらえた。親子の関係も、いろいろあるようだ。

「アキヒコ様にはなにか買いたいものがあるのですか？」

「まあ、そんなところ」

ぶっちゃけ、聖鍵の力を使えば手に入らないものはない。極端な話、生産プラントでお金を作ることもできるのだが、それはインフレを起こしかねないので却下である。オーバーテクノロジーを利用したお金儲《かねもう》けのプランもあるにはあるが、今は保留する。わかりやすいところから手を付けたい。

「着きましたよ。あれが冒険者ギルドです」

リオミが指差すが、事前に調査してあるから場所は知ってる。三階建ての石造りだ。その名もずばり冒険者通りにどっしりと軒を構えている。ギルドに入ると、なかにはいろんな種族の人たちがいた。リサーチどおりの間取りだ。依頼掲示板、受付、待機用の酒場。めっちゃ注目されてるけど、堂々と受付に直行。

「すいません。冒険者になりたいんですけど」

「は、はい！　ええと……少々、お待ちいただけますか⁉」

受付の人は俺とリオミを交互に見たかと思うと、慌てた様子で奥へと引っこんだ。あ、足の小指ぶつけた。痛そう。さほど待たされることなく、受付の人が戻ってきた。

「どうぞ奥へ。ギルド長がお待ちです」

通された先は執務室。待っていたのは、執務机に向かうギルド長と思《おぼ》しき男……と。

なんだ？　もう一人、女性がいる。壁に寄りかかったまま、腕を組んでこちらを値踏みするように見ている。鋭い視線だ。ギルド長の護衛かな？　軽装だが佩剣《はいけん》しているところを見ると、剣士だろうか？　俺には腕前なんてわからないが、只者《ただもの》ではない雰囲気だ。短く切りそろえた髪は黒く、俺を睨《にら》む瞳もまた黒い。いやいや、なんでそんなに睨んでくるの。恨みでもあんの。

なんなんだ？　調べてみるか。しまった、聖鍵はオフラインにしっぱなしだ。ググれん。今ココでおもむろに聖鍵を出すと、女剣士に斬られても不思議じゃない剣呑《けんのん》な雰囲気だ。

だけど、なぜだろう。俺は彼女のことをどこかで……。

「……なにか？」

しまった、ジロジロと見すぎたか。女剣士に咎められてしまった。慌てて頭を下げる。う、リオミの視線も痛い。

「ようこそ、リオミ王女様。そして聖鍵の勇者アヒキコ殿。ささ、どうぞおかけを」

ギルド長がダンディなスマイルで歓迎してくれる。

む？　女剣士の目が険しくなったような……気のせいか？

「まずは、アースフィアの人間としてアキヒコ殿にはお礼を言わせていただきたい」

ギルド長が頭を下げてきた。いつもなら俺も頭を上げるように言うところだが、女剣士のことが気になる。

「私も魔王とは因縁がありましてね。魔王を倒してくださったアキヒコ殿には、感謝してもしきれません。あなたこそ、まさに勇者だ！」

テンションを上げていくギルド長。

女剣士……いったい何者なんだ……？

「アキヒコ殿！」

「はいぃ!?」

ずずぃっとギルド長の顔が目の前に。思わず悲鳴を上げて、のけぞってしまった。ギルド長は俺の手をがしぃっと無理矢理摑《つか》んで、握手握手。

「ありがとうございます！　ありがとうございます！」

「ち、ちょっと……！」

「魔王と戦ったときのこと。どうかぜひ、お聞かせくださいませんかねぇ!?」

「えっと、いや……」

衛星軌道の安全地帯からレーザーで焼きました、とはさすがに言いづらい。

「それは、私も気になるな」

女剣士が話に興味を示してきた。なんか嫌な流れだ。

「そ、その話はまた今度。今日は冒険者登録に来たのですが」

「おっと失礼」

ようやくギルド長が俺を解放してくれた。表情と身なりを直して、姿勢を正している。いや、今更威厳もなにもないからな？

「冒険者登録ですね。本来ならばＤランクから始めていただくことになるのですが」

「ですが？」

「今更、魔王を倒した勇者殿にそれはないでしょう。特例として、私の権限でＳランクとして登録させていただきます。最高ランクはＳＳランクなのですが、今はこれが限界です」

計画どおり！　ＳＳランクは名誉職みたいなモンだったはずだからＳランクで充分だ。これで俺が受けられない依頼はなくなった。つーか、このギルド長が相手なら、やっぱりリオミはオマケだったな。まあいいや。

「……なにか、失礼なこと考えてませんか？」

「いやいや、そんなことないよ」

リオミは心を読む魔法でも使っているのか？　いや、絶対魔法防御があるから魔法効かんし、使われたらわかるしな。だったらなんなの。やっぱり女怖いよう。

「それと……早速ですが、依頼を受けてみる気はありませんか？」

……来た。ルナベースの情報どおりなら、おそらくあの依頼が受けられる。もちろんおくびにも出さない。

「どのような依頼でしょうか」

「その話をする前に……」

ギルド長は背後の女剣士を肩越しに見る。

「紹介しましょう。彼女こそアースフィアにおいて最強の剣士である五代目の……」

女剣士が姿勢を正す。鋭い視線を俺から離さない。やっぱり、この人……見覚えがあるぞ。どこだ、どこで見たんだ？

ギルド長の続けた言葉が、回答となった。

「剣聖アラムです」


……剣聖アラム。

そうだ、どうして思い出せなかったのだろう。バトルアライメントチップの選択のときに、データをチラッと見ただけとはいえ。短い髪と名前だけを見て男だと思い、それきり本人の来歴には関心を失っていた。ただ最強の戦士のデータとして取り扱っていた。

俺の戦闘力のコピー元が今、目の前にいる。会おうと思えば検索一発で居所を特定し、瞬間転移するだけでいい。でも、そんな気はさらさらなかった。必要がなければ、一生会おうとはしなかっただろう。だけど、俺はアラムに出会った。なにかの運命を感じずにはいられない。

「……驚かれないのですね」

「え？　ああ、はい」

一発芸を外したような顔してるギルド長。いや、驚いてはいるけど。どっちかというと、ぽかーんとしてたわ。

「さっすが勇者様！　剣聖アラムの名を聞けば、どんな冒険者でもサインを求めずにはいられないのにッ！」

「まあ、この世界に来て間もないですから。リオミは知ってる？」

「はい。まさか、ロードニアに来ているとは知りませんでしたが……」

ギルド長が暑苦しいので、リオミと和む。この子がおらんかったら、目の前の二人相手に心がもたなかったかもしれん。ありがとう、ありがとう。エデンは、ここにあったんだね。

「いやあ、実はですね。彼女は……」

「オーキンスさん！」

なにか言いかけたギルド長を鋭く遮ったのはアラムだった。

「もういい。終わったことです」

すべてを諦めた、そんな表情。

「……そうだね」

ギルド長もそれきり、続きを話そうとはしなかった。なにかただならぬ事情があるみたいだけど詮索してもなんだし、こっちから切り出そう。

「依頼の話をお願いします」

「ああ、そうでした。依頼というのはですね、一言でいうと……」

ギルド長は無駄に間をためる。気持ちは、わからないでもない。すぐにSランクにして依頼を受けさせようと言うのだから、情報どおりであれば間違いなく俺に回ってくるはずの仕事。その内容は当然。

「ドラゴン退治です」

……やはりな。

「そうですか」

「やはり、驚かれないのですね」

「ええ、まあ」

「さーっすが勇者様！　ドラゴンと聞けばどんな冒険者でも震え上がるというのにッ!!」

「それはもうえーっちゅーねん！」

俺はアンタと漫才をしにきたのではない！　断じてな！

「にわかには信じがたいですね。タート＝ロードニアにドラゴンがいるだなんて……」

リオミの疑念も無理はない。今更ドラゴンの説明なんて必要ないとは思うが、いわゆるファンタジー世界で最強扱いされる魔物である。爬虫類《はちゅうるい》に羽根を生やした幻想種。アースフィアのドラゴンもおおむねその認識で間違っていない。本来ドラゴンは人里離れた場所に巣を作る。縄張りに入らなければ襲われることはないが、邪悪な竜ならば敢《あ》えて人を喰《く》らいに村々を襲うこともある。魔王の支配下ではドラゴンも他の魔物と同じく、邪悪な魔物として君臨していた。主に魔王城付近に巣を作り、人間側の反攻を暴虐なる力でもってねじ伏せていた。だから、タート＝ロードニアにドラゴンはいない。

魔王が消える前までは。

「見間違いならいいのですがね。依頼元はメイラ村なのですが、狩人《かりゅうど》が空を飛ぶ大きなトカゲを目撃したと」

「ワイバーンでなければ、間違いなさそうですね」

リオミの言うワイバーンは、亜竜とでもいうべき魔物だ。ドラゴンとは違う。

さて、念のため確認しておくとするかな。

「ドラゴンの色は、わかっていますか？」

「ええ。赤だったそうです」

まあ、そうだよな。前後の情報を鑑みれば、それしか有り得ない。ドラゴンは魔王城近辺に生息していた。本来ならロードニアにドラゴンはいない。だが、魔王城はどうなったか。今更語るまでもない。俺はあのとき魔王城を飛び去る赤い影についての報告を受けた。その後も監視を続けたが、そいつがタート＝ロードニアに入ったあたりで衛星画像から姿を消した。

それまでの画像を検証したところ――

「レッドドラゴンの可能性が高い」

俺の懸念を、アラムが引き継いだ。レッドドラゴンは、邪悪な竜のなかでは最も凶悪で、強欲で、そして強い。リオミの顔がみるみる青ざめていく。

「それが本当だとしたら、一刻も早く向かわねばなりません！　いや、それより村々の避難を――」

「今のところ、被害は出ておりません。レッドドラゴンであるなら、それを確認する必要もあります」

　ギルド長が真剣な面持ちで応える。しかし、リオミも負けじと訴えた。

「しかし、そんな悠長なことを言っていては！　被害が出てからでは遅いのですよ！」

「だからこそ、アラムに依頼をするところだったのです」

「あっ……」

　ドローンの報告をもとに分析した結果、ロードニアの冒険者ギルド支部にドラゴン退治の依頼が舞いこんでくることは予想していた。メイラ村からの連絡が届くのが、ちょうど今日。そのタイミングで俺が冒険者ギルドに向かえば、ドラゴンへの対応を求められるのは火を見るよりも明らかだった。冒険者としてのランクをコネと特例で上げ、ドラゴン退治を成功させることで報酬を得る。報酬だけが目的ではないが、それが俺の今回の計画だったのだ。

　俺にとっての唯一のイレギュラー。予期せぬ先客。それが、剣聖アラムだった。

　俺が到着したタイミングは最速だったにもかかわらず、剣聖アラムが俺より先に依頼を受けようとしていた。いくら最強の剣聖とはいえ、耳が早過ぎる。

　まだ情報が足りないのでなんとも言えないが、アラムは別件でギルドに来ていたのではないだろうか。先ほどのアラムとギルド長のやり取りからしてなにか違う仕事が失敗したか、あるいは仕事そのものがキャンセルとなったのか。本人たちから聞き出すのが難しい以上、調べるなら聖鍵を使うのが手っ取り早い。

しかし、依頼そのものは受けることができたわけだし、アラムの事情を深く詮索する理由もない。言いたくないことを、わざわざ掘り出す必要はないだろう。

「そういうわけでして、ぜひ勇者アキヒコ殿にはアラムとともにドラゴン討伐に乗り出していただきたく」

まあ、そうなってしまうか。うーん、別に問題はないかな？　むしろ本物のアラムの戦いっぷりを見られるかもしれないわけだし。実のところ、ちょっと後ろめたさは感じているんだよな。モノマネをしていたら、ご本人さん登場みたいな。

「その場合だと報酬は？」

お金は当面、地上での経済活動がそこそこできる程度あればいいから、折半でもいいかな。Sランク冒険者になったことで目的の半分は果たしたわけだし。

「村から出せるお金はほとんどないとのことだったんですが、今回は緊急ということもありまして。ギルドのほうから積立金《つみたてきん》も出して……」

そろばんを弾くギルド長。俺は出された茶をすする。

「アラムと勇者殿、それぞれ四百万円といったところですな」

「ぶふーッ！」

茶を吹く。ギルド長の顔に直撃。

「え、え、えん、え」

「いやー、さすが勇者様。お茶を吹くタイミングもツボを押さえておりますなぁ！　まあ、白金貨四枚は大金でしょうからなあ」

ビショビショになりながらも嫌な顔一つせずにかかったお茶をハンカチでフキフキするギルド長。

いやいや、金額じゃなくてさ。金額もだけど。あー、そうなんだー。通貨単位は円なのかー。わっかりやすくて助かるわー。でも、いきなり現実に引き戻された気分だったわー。通貨単位とか、わざわざググってなかったわー。アースフィアさん、まじ日本贔屓《ひいき》ぱない。

「もちろん、本当にドラゴンだったらの話ですからね。もし違った場合は、調査費用のみということでもう少々引かせてもらいます」

十中八九ドラゴンであることはわかっている。問題はない。

「アラムさんのほうは、俺とパーティを組むことについて問題はないんで？」

「……ああ、大丈夫だ」

アラムの笑みにぞわっときた。目が全然笑ってない。不服なのではなく望むところだと。そんな雰囲気だった。

……ひょっとして俺、デスフラグ立ってません？

「よろしく頼む」

「は、はいッ！」

アラムが握手を求めてきた。俺の声、うわずってるよう。助けて、助けて僕のリオミたーん。

「……アキヒコ様のばか」

え、ひょっとして味方はいないの？　エデンは幻だったんや。天は我を見放した。神は死んだ。


結局依頼を受けて、俺たちは冒険者ギルドを出た。アラムが宿に荷物をとりにいくというので、その準備が終わるまでリオミと食堂で一息つこうと思ったのだが。

「アキヒコ様、あんなに鼻の下を伸ばして。勇者ともあろうものが、だらしのない！」

「どうしてそうなる⁉」

二人っきりになった途端、憤懣《ふんまん》やるかたないといった様子を見せるリオミ。俺はずっとアラムに戦々恐々《せんせんきょうきょう》だったんですが。

「リオミ、誤解なんだ！」

「だって、ずっとアラムさんのことを見てたじゃないですか。オーキンスさんがお話ししてる最中も、ずっと！」

「うっ。いや、あれはアラムをどこかで見たことがあるなぁ～と」

「まだアースフィアに来て数日のアキヒコ様が、どうしてアラムさんのことを知ってるんですか？」

「それは後でちゃんと話すから！」

「むーっ」

俺の言葉なら無条件で信じてくれたリオミは、もういない。むしろいい傾向なんだと思う。あの一件では、リオミが想いを吐き出したり、俺も思ったことをちゃんと伝えることができている。ちゃんと対等に話せるようになったと思うのだ。どうやらリオミはもともと思いこみが激しい気質らしい。自分がこうだと思ったら、それがどんどん自分のなかで膨らんでいく。俺に対する憧れがどんどん高まっていったのも、そういうことだろう。今回も同じケースだ。ベクトルは全然違うけど。

「そんなふうに思われると、俺も悲しいよ」

「むー……でも、アラムさんもアキヒコ様のこと見てた」

「ありゃガンつけられてたんだよ……」

リオミのなかでは、俺とアラムが見つめ合って恋に落ちてるようにでも見えてたんだろうか。まずいな。そうだとしたらアラムといっしょの道中、針のむしろになるぞ。

「アラムさんが美人だからって……」

「んー？」

確かに、美人だと思う。リオミと同格ってぐらいじゃないだろうか。そう言われてみれば、相当なレベルの容貌だな。でも、なんかもうね。そういう目で見たら殺されそうだったからね。最初からヤバい感じだったし、異性として意識するのは無理だった。

「その点では、リオミは最初から優しかったし、笑顔だったしな」

「……やぁ」

うーん、しかし思った以上にリオミがヤキモチやきだった。こりゃ、さっさと依頼を終わらせないと。なんかまたリオミが赤くなってるけど、俺なんかしたっけ？

まあいいや。頭を切り替えてドラゴン退治だ。今回はマザーシップ主砲のホワイト・レイはもちろんのこと、プラズマグレネイダーなどの大規模破壊兵器を使うわけにはいかない。ドラゴンを倒した証《あかし》として鱗《うろこ》を持っていかねばならないからだ。跡形もなく消し去るのはＮＧである。

迷宮洞窟地帯で使ったときのような地上戦力を導入してもドラゴンを相手取るとなると消耗戦になってしまうだろうし。やはり絨《じゅう》毯《たん》爆撃で炙《あぶ》り出《だ》したところを対空ミサイルで確実に撃ち落とすか。あるいは強制転送で宇宙空間に放り出し、くたばったところで遺骸を回収するか。いやいや、目的を見失うな。

「リオミ。今回俺は、聖鍵の力をセーブする」

「え？　でも、敵はドラゴンなんですよ。手加減してなんとかなるような魔物では——」

なおも言い募ろうとするリオミを手で制する。

「リオミはよくわかってると思うけど、聖鍵の力は強力すぎるんだよ。周辺の環境にも配慮しなくちゃいけないし、魔王を倒したときのように周囲がどうなってもいいって状況は、今後ほとんどないと思う。だから、リオミにも頼ることになる」

「アキヒコ様が、私を！」

リオミが夢見る乙女モードになってくれた。後ひと押しかな。

「できるだけ、リオミが楽できるようにするから。援護とかをお願いできるかな？」

「は、はい！　任せてください。そのためについてきたんですから！」

きゃーっとか叫びつつ、リオミが両手を頬に当てている。これでとりあえず納得してくれたかな。

聖鍵で操れる兵器は確かに強力なのだが、小規模な戦闘では使いにくくて仕方がない。昨日までの基本戦略でもわかるとおり、超宇宙文明は基本的に量産、大軍、制圧がモットーなのだ。必要以上の破壊を撒《ま》き散《ち》らすことになる。リオミの手伝いはあったほうがいい。

今回の俺は戦争をするつもりはない。なにより、ドラゴンを殺してしまっては元も子もない。

「待たせたな」

アラムが早々に帰ってきたので、ギルドを出る。被害が出る可能性もあるのだし、早めに終わらせるのはもちろんいいことだ。さくさくいこうじゃないか。

「馬小屋で馬を借りていくが、そちらに用意はあるか」

ん？　馬って……アラムっておかしなことを言うんだなぁ。

「メイラ村までは、馬を使っても三日はかかる。できるだけ急いだほうがいい」

あ、違うや。アラムは普通のことを言ってる。

「いいや、馬は必要ない。もっと早く行ける方法があるんだ」

「なに？」

怪訝《けげん》な顔をするアラム。俺がなにもない空間から聖鍵を引き抜くと。

「……こんなところで剣を抜くとは、なんのつもりだ？」

アラムの殺気が膨れ上がる。

「これが剣に見えるのか？」

十秒前なら身を竦《すく》めるしかなかったはずのそれを、俺はたやすく受け流す。

「まあ、見てなよ」

――聖鍵、起動。対象、俺、リオミ、アラムの三名。転移先、メイラ村の入り口。王都に近いほう。

到着。炊煙たなびく村が見える。

「なにをぼやっとしてる、急いだほうがいいんだろ？」

驚くアラムを尻目に、俺とリオミは村のほうへ歩き出した。

「誰だぁ、あんたら」

早速、第一村人発見。

「冒険者ギルドのほうから来ました。村長さんはいますか？」

「ほんとかい。もう来ただか、早ぃねぇ。今呼んでくっから待っててな」

俺の詐欺まがいの話法を疑いもせず、第一村人は仲間を呼びに行った。

「集団転移……《マス・テレポート》か。こんな高度な魔術を無詠唱で使えるのか？」

素直に感心した様子のアラムは、もう俺の背後にきていた。置いていくぐらいのつもりで早歩きしてたのに、さすがに速い。隣に来るほど気を許してはいないからなのだろうが、俺の後ろに立つな。

「まあ、そんなところだよ」

全然、魔術ではないのだが。本人がそれで納得するなら、そういうことにしておく。

「呪言魔術ですね！　羨ましいです。私の声紋魔法は詠唱を短縮できても、省略できませんから」

声紋魔法は発声必須だしな。《テレポート》の魔法自体は、そこら辺の魔術師風情ならともかく、リオミなら簡単に使えるはずだ。

「リオミは今のままが一番だよ」

「えっ」

利便性とか関係なく、リオミの美声を省略するなんてとんでもない。それこそ人類の損失だ。そう思ってのセリフだったのだが。

「や、やだ！　アキヒコ様ったら……」

なにを勘違いしたのか、リオミは赤面して頬に手を当てていた。

言うまでもないことだが俺が使ったのは集団転移の魔法……《マス・テレポート》なんかじゃなく、聖鍵の瞬間転送だ。コストを気にせず連続使用も可能なので便利だが……聖鍵の起動が必要なので接触していないと使えない。ちょうどその問題点をルナベースに報告して、空間収納装置《インベントリ》に入れた聖鍵を一部分だけ露出する機能を開発させ始めたところだ。これが成功すれば空間から取り出さなくてもさまざまなアクションを誰にも気づかれることなくできるようになる。

「私が村長です」

ほどなくして村長がやってきて、村で一番大きな家に案内された。

「まさかこんなに早く来ていただけるとは思わなかったので、歓待の用意ができておりません」

村長が申し訳なさそうに頭を下げる。アラムの言っていたとおり、王都からメイラ村は馬を使ったなら三日かかる距離だ。依頼を出した時間を逆算すれば、早すぎることは間違いない。

「かまいません。すぐにドラゴンを倒しに行きますので、目撃された場所やドラゴンの姿について、あらためて詳しく教えてほしいのですが」

どうやら、ドラゴンを目撃したのは第一村人だったらしい。訛《なま》りが強くて会話に難儀したが、要約するとこうだ。

森で狩りをしている最中に、突然周囲が暗くなったことを怪訝に思って空を見上げると、そこに巨大な翼を広げた真っ赤なトカゲが飛行していた。伝承に聞いていたドラゴンだと気づいたのは後のことだったが、目撃したときは恐怖で声すら上げられなかったのだという。太陽の日差しで美しくキラキラ輝いていたのが印象的だったそうだ。

俺は即座に聖鍵にアクセスし、「ドラゴン　メイラ村　目撃　場所」と検索した。一件ヒット。場所はあってる。村人が嘘をついてない裏付けがとれた。衛星監視映像で俺が見た赤い影とも一致する。同一の個体で確定。衛星がドラゴンを見失った地点と今回の目撃された場所、飛んでいった方向などから行動範囲を絞って居所を特定する。指定された範囲内に調査ドローンを派遣、痕跡を探させる。数はとりあえず百機でいいか。ローラー作戦させよう。

アラムが村人に話を聞いている間にいけるか？　……よし、それらしき洞窟を見つけた！　一機を監視として残し、他は帰還させる。念のため、この付近で使えそうな施設を確認……ミサイルサイロか。対空ミサイルを発射用意。ドラゴンが逃げ出したときには撃ち落とすように命令を出しておく。

「ふーん、意外と近いな……」

「どうした？」

俺のつぶやきに、アラムが眉根を寄せる。だが、俺はアラムを無視して村人に話を振った。

「まだ人的被害は出ていないんですよね？」

「ああ、まーだ誰も襲われたりしてねぇよ」

「わかりました。そろそろ行きます」

村人と村長に会釈して、席を立つ。リオミも慌てて俺の後に続くが……。

「もっと情報を聞いたほうがいいんじゃないか？」

アラムは後ろからなにか言ってくる。いちいち説明しないといけないのか？　面倒な……。

「必要ない。俺はもう行くぞ」

悪いがアラム、アンタと必要以上に馴《な》れ合《あ》うつもりはないんだ。リオミの目もあるんでな。

アラムが不承不承といった様子でついてくる。とりあえず、村長たちと別れた後に移動する理由だけを簡潔に告げた。

「ドラゴンの巣を見つけた」

「なんだと!?」

転移のとき以上に驚きを隠せないアラムに今度はどう言い訳しようかと悩む。聖鍵は俺にしかアクセスできない。この感覚は他人に説明しようがないのだ。便宜上、検索という表現を使っているが実際頭のなかでやってるイメージにすぎないからな。転送の座標指定もだいたいニュアンスで伝えて、必要な量子演算はルナベースでやってくれるし。一応アラムには今回も魔法だと答えておいたが、さすがに今度は納得してくれなかった。

「本当に、なにをどうやったんですか？　探索の魔法は触媒が必要だし、あんな曖昧な目撃情報だけで使えるようなものじゃないですし。しかも、ドラゴンほど魔法的に強大な生物ともなれば、王国の宮廷魔術師たちが複数人で儀式を行う必要があるのに……」

信じられないのはリオミも同じのようだ。探索の魔法についてググってみると、おおむねリオミの言うとおりで、さらに人数が少なくなるほど失敗率も高くなるという検索結果。魔法で片付けたのは失言だったたか。

アラムの視線は、もはや敵視と呼んでもいいレベルになりつつある。俺もアラムと仲良くしようという気は失《う》せていた。恨みを買うようなことをした覚えがないうえ、出会ったときから第一印象がよろしくない。せめてなにか言ってくれればまだ言い返せるのに、アラムはただ俺の背に殺気をぶつけてくるのみ。俺の態度がつっけんどんになることを誰が責められよう。

剣聖と恐れられる存在から睨まれても平気でいられるのは、やはり聖鍵の存在が大きい。なにをされてもどうにでもできるという確信が俺に余裕を与えている。冒険者ギルドでは聖鍵をオンラインにできず、アラムには気圧《けお》されるばかりだった。俺の態度の変化にアラムも少し戸惑っているようだ。

ちなみに聖鍵直通のマインドリサーチはオフにしてある。直接聖鍵から思考や感情が流れこんでくるのはなにかと不都合とわかったからだ。とはいえ、アラムに対する警戒を怠るつもりはない。だからアラムのマインドリサーチの内容はルナベースに報告させて、必要なときにダウンロードできるようにしてある。この女には遠慮する必要はないだろう。

俺たちは今、敢えて徒歩でドラゴンの巣に向かっている。時間が欲しかったからだ。リオミが転移を使わないことを訝《いぶか》しんでいるようだが、俺に考えがあることを汲《く》み取《と》ってくれたようでなにも言わないでくれている。

さて、そろそろアラムについて本格的に調べてみたほうがいいかもしれない。アラムと険悪な関係のままだと俺の目的達成を邪魔される可能性が極めて高い。目的と言っても失敗したら次ぐらいのつもりなのでかまわないといえばかまわないのだが。今まで無関心を装ってきたがアラムがこれほど俺に敵愾心《てきがいしん》を燃やすのには、なにか深い事情があるとしか考えられない。

だけど、聖鍵で調べる……それでいいのだろうか。また俺は安易に聖鍵に頼ろうとしている。前にもリオミのことで失敗した。あの経験が人間相手に聖鍵を使うことを躊躇《ためら》わせる。リオミのときは、どうしたか。

「なあ、アラム。ちょっといいか？」

「なんだ」

あのときはお互いにちゃんと話した。それで解決したんだ。人間同士なんだし対話できるならそれに越したことはない。もっとも、アラムのまともな回答を期待してのことではなかったが。

「ずっと疑問に思ってたんだが、俺はアンタに恨まれるような真似《まね》をしたのか？」

「……いいや」

意外にも、否定か。

「正直、会ったときから気になってしょうがなかった。アンタからあからさますぎる敵意を感じるからな。心穏やかじゃいられない」

「……すまん」

謝罪だと？　予想外だ。

「これは自分の問題だと、本当はわかっているんだ。不快な想いをさせたのなら、謝らせてくれ」

思わず息を呑《の》む。振り返ってみれば、そこには頭を深く下げて礼の姿勢を取る剣聖がいたのだ。

「未熟がゆえの我が身の不徳、どうか許してくれ」

これまでの敵対が嘘のような誠実さに、身体の力が抜けた。顔を上げたアラムの表情を見て、俺は居《い》た堪《たま》れなくなって目を逸《そ》らした。

そこから読み取れたのは、喪失の悲しみ。届かぬ嘆き。目的を失った無軌道さ。

思ってしまった。自分と似ていると。

剣聖アラムと呼ばれる女性が、なにを思い、なにを考え、どうしてこのような行動に走ったのか。一人の人間として興味を持ってしまった瞬間だった。

第六章　剣聖VS.剣聖

「さあ、早くドラゴンを倒さないと！　あの村の人たちを安心させてあげましょう！」

固まったままの俺とアラムをとりなしてくれたのはリオミだ。

「それにドラゴンと戦うんですから。ちゃんと連携や陣形を決めておいたほうがいいと思いませんか？」

妥当な提案だった。反対意見など出るわけない。むしろ、もっと早く話し合うべきだったのに、俺は早々にアラムを無視してしまった。俺は何度、同じ過ちを繰り返せば……いや、今はやめておこう。少なくとも今回は、致命的な状況になる前に改善できたと考えよう。ドラゴンが動いたという報告もない。しばらくは大丈夫だ。手早く聖鍵《せいけん》で周囲を調べる。

「この近くに、村人が使ってる休憩所があるみたいだ。そこで話し合おう」

二人は黙って頷《うなず》く。なんでそんなことを知っているのか、という質問はない。休憩所は切り株を椅子にした簡易的なものだったが、腰を落ち着けるのには充分だ。

「そういえば、きちんとした自己紹介もしてなかったな。俺は三好明彦《みよしあきひこ》。一応、予言の勇者ということになってる」

「もちろん知っている。会えて光栄だ」

「リオミ＝ルド＝ロードニアです」

「タート＝ロードニアの第一王女だな。よろしく」

俺たちの名乗りににこりともせずに頷くアラム。愛想の欠片《かけら》もない返事だが、先ほどまでの剣呑《けんのん》な雰囲気はなりを潜めている。

「剣聖アラムの称号を持つがゆえ、元の名は捨てた。アラムと呼んでくれていい」

ギルドでお互いの素性を知っていたとはいえ、こんな当たり前のやり取りすら省略していた。アラムも器用そうには見えないし、初対面の相手に思ったことを言うのはハードルが高かったのかもしれない。

連携の話は滞りなく進む。俺とアラムが前衛を務め、リオミが魔法で援護する。タイミングや使う魔法についてはリオミに任せることになった。この段になってパワードスーツの絶対魔法防御があることを思い出し、リオミの援護系魔法については効果があらわれるように再設定。この点が便利だ。

「レッドドラゴンだと仮定すると、ファイアブレスの対策が必要になるね」

ルナベースに蓄積されたデータによると、レッドドラゴンの炎熱の吐息は鉄をも溶かす。幸いなことに魔法扱いであるため、俺の場合は絶対魔法防御が有効だ。

「炎への完全耐性を付与すればいいだけですから」

「当たらなければ、どうということはない」

二人とも対策は不要か。

「ドラゴンの鱗《うろこ》は鋼鉄よりも硬いらしいけど……」

「魔法には関係ありません。ドラゴンの魔法抵抗なら、たぶん抜けると思います」

「大丈夫だ、問題ない」

俺にもホワイト・レイ・ソードユニットがある。竜鱗《りゅうりん》だろうが、プリンを切り分けるぐらいの難易度だ。アラムがなんで大丈夫なのかはわからない。たぶん、鋼鉄を斬ることができるのだろう。

「ドラゴンの爪牙尻尾のコンボは？」

「私に直接攻撃が来るのは、二人が倒れたときだけですね。そんなことは絶対ないと信じてます！」

「大丈夫だ、問題ない」

ああリオミ、今でも力に関してなら俺のことを信じてくれてるんだなぁ。アラムが大丈夫なら、俺も大丈夫のはずだ。問題ない。

「……もう一つ、確認しておきたいことがある」

この流れなら、あらかじめ落としこんでおけそうだ。アラムが合流した時点で、アドリブになることも覚悟していたのだが。

「ドラゴンを殺さないでほしい。弱らせてもいいから、とどめは刺さないでほしいんだ」

「ええと……」

「どういう意味だ？」

案の定、二人とも困惑していた。

ドラゴンを殺さない。それは俺の目的の必達事項。

「うまく説明するのが難しいんだが、聖鍵にはドラゴンを殺さずにおとなしくさせる方法があるんだ」

「そ、そんなことまでできるんですか」

「にわかには信じがたいが……」

そう、俺の真の目的はドラゴンを服従させることにある。

ヒュプノウェーブ・ブラスターやマインドリサーチの例を挙げるまでもなく、超宇宙文明には精神に作用する兵器が存在する。悪い言い方をすれば洗脳が可能なのだ。マザーシップの副砲の一つであるヒュプノウェーブ・ブラスターは広範囲に催眠効果を及ぼせる代わりに応用力に乏しい。例えば幻を見せたり同士討ちをさせたりといった効果を選んだ場合、範囲内に味方や無関係の一般人がいれば巻きこんでしまう。同時に別の催眠効果を与えることも不可能だ。基本的にブラスターを照射している間だけしか催眠効果はもたないが、記憶消去など永続する例外もある。実は何度かアラムに使ってやろうかと思ったのだが……リオミの手前、人間を操ることには抵抗感があった。その点、相手がオークのような邪悪な魔物であれば使い捨ての奴隷にすることにも躊躇《ためら》いはない。

ちなみにマインドリサーチは、ドラゴンの捜索にも使った調査ドローンにも標準搭載されていて、心理データは他の情報と同時にルナベースへ送られる。おそらく聖鍵が当初オフラインになっていたのは、リオミのときのように他人の感情に振り回されて混乱する可能性が高いためだ。リオミの一件は、完全に俺の失態である。オンラインにしたときの注意事項を気にしなかった。聖鍵そのものにマインドリサーチ機能が搭載されていることはマニュアルになかったため知らなかったのだ。まだ不明な点があるかもしれないから聖鍵を慎重に扱わないといけないと自戒していたのに。

「まあ、信じられないかもしれないけど、すぐに証明してみせるよ」

ここで弱気を見せても仕方ないので、二人には自信満々のフリをした。

実際問題、八鬼侯《はっきほう》の生き残りなどの強力な敵に対抗できる単一戦力は、喉から手が出るほど欲しい。聖鍵の兵器群は小回りがきかないものが多すぎる。ドラゴンは使い勝手がいいのかと言われると、そういうわけでもないだろうが。単体でボスクラスを圧倒できる兵器は開発させている真っ最中で、導入には時間がかかる。ドラゴンならばそれまでのつなぎにできるだろうという計算もある。

それに魔物を洗脳、捕獲してモルモットにできれば、特定の魔物にだけ有効な細菌兵器の開発も可能だ。魔王がいなくなった後も、人々に仇《あだ》なす邪悪な魔物はアースフィアに間違いなく存在する。それらを種族ごと滅ぼすなんていう絵空事も、聖鍵の力があれば実現可能な大事業になるのだ。

人間が善なる存在だなんて幻想を抱いてはいないが、オークのような魔物の手によって罪のない女子供が嬲《なぶ》り殺《ごろ》しにされたり、生殖の苗床にされるのは我慢ならない。娯楽で悪為《な》す連中は、存在そのものが許されない。唾棄すべき邪悪な気性を持つ魔物はすべて、アースフィアから駆除せねばならない。さすがにこういった非人道的な話は、リオミにはできない。俺だけが知っていればいいことだ。

今のところ洗脳装置は取り付け型しか開発できていないので、捕獲した後にマザーシップへ転送する必要がある。強制転送自体は元気な状態でも可能だろうが、マザーシップで暴れられるのは、さすがにぞっとしない。今回二人には、オブラートに包んで説明をしておく。

「そういうわけで、可能な限り弱らせたと判断したら、合図する」

「……承知した。ドラゴンの成長段階によっては、手加減ができない可能性もあるが」

アラムの危惧するところもわかる。ドラゴンには寿命がない。ドラゴンは年齢を経るごとに強力になっていき、老衰どころか老いた竜ほど魔力を蓄えて手が付けられなくなっていく。エルダードラゴンぐらいまでなら問題ないと思うが、エンシェントドラゴンともなると洗脳は諦めて討伐に専念したほうがいい。もっとも衛星写真の影の大きさからして、そこまで加齢したドラゴンではないはずだ。

「じゃあ、そろそろ出発するけど……なにか言っておかなきゃいけないことはあるか？」

あらためてアラムの目を覗《のぞ》きこむ。するとアラムは目を伏せ、首を横に振った。まだ話せないか。

「わかった。なら、今は聞かないよ。踏ん切りがついたら話してくれ」

アラムは一瞬はっとしたように顔を上げたが、すぐに首肯してくれた。

これでもう必要なことは終えたし、さっさとドラゴンの潜伏する洞窟へ跳ぶ。近くの茂みに潜んでいたドローンが光学迷彩を解いた。指示を出し、マザーシップに帰還させる。その光景の一部始終を見ていたリオミがつぶやいた。

「今のは？」

「俺のしもべみたいなもんだな」

「あれにドラゴンの居場所を調べさせていたわけか。なるほど」

アラムが納得した様子で顎に手を当て、頷いた。しかしすぐに洞窟のほうへと歩いて行く。相談の結果のフォーメーションだ。先頭をアラム、俺が続き、しんがりはリオミ。一番後ろは奇襲される危険があるとされる。だが、今回は事前の索敵により周辺にドラゴン以外の敵性生命体は存在しないことがわかっている。この順番が一番リオミの安全を確保できるだろう。

洞窟は天然のもので、少し進むとだだっ広い空間に出た。なかは上まで吹き抜けになっていて、空からドラゴンが出入りできるようになっている。ドラゴンは巣に財宝を持ち帰る習性があるのだが、見当たらない。巣を作ったばかりだからなのか、ドラゴンにその気がないのか。

「……いた」

ドラゴンだ。大きな体を丸めて、うずくまっている。眠っているのだろうか？　赤く輝く鱗はまるで宝石のようで、吹き抜けから差しこむ陽光がきらびやかな竜を美しくコーディネイトしていた。

……おかしい。

レッドドラゴンは燃えるような赤、あるいは熱でくすんだような赤黒い鱗のはずだ。陽光で輝くはずがない。しまった、村人もそんな話をしていた。あのときはレッドドラゴンではない可能性に思い至らなかった。早急に目の前のドラゴンを画像検索。ヒット。

「ルビードラゴンだ」

宝石種に数えられるドラゴンだ。動物と同じく腹が減れば本能に従って動物や人間を襲うが、生来は邪悪ではない。ドラゴンの例外に漏れず宝石種も知能が高く人語を解する。粘り強く交渉すれば財宝を取り引きすることもできなくはない。レッドドラゴンなどの色彩種は生まれつき邪悪で、食事でなく、楽しみのための殺戮《さつりく》を好む。魔王支配下においてはあらゆるドラゴンが凶暴だったが、生来邪悪であるのは色彩種のみだ。

だが、これらはルナベースの情報だ。アースフィアの人々の視点だと、魔物はすべて邪悪であると認識されている可能性が高い。なにしろ魔王の脅威は百年間続いたのだから。

アラムは、いつの間にか剣を抜いている。透き通るような白磁の刀身。アラムの愛剣か。あとでググってみるとして。やっぱりアラムは宝石種ドラゴンであっても敵と認識するようだ。リオミは後ろにいるので表情が窺えないが、緊張の気配だけは伝わってくる。今は気づかれていないが、ドラゴンの超知覚は半径五十メートル以内の生命体を問答無用で感知する。不意打ちは難しいので、ギリギリまではゆっくりと距離を縮める。援護用のセントリーボットを喚《よ》ぶとしたら、実際の戦闘が始まってからのほうがいいだろう。

ドラゴンの知覚範囲に踏みこむ。ドラゴンが首をもたげた。俺たちを認識すると、一瞬鼻白んだ様子を見せる。こちらも戦闘態勢を整えており、いつでも対応できる状態だ。ドラゴンの初手をカウンターで挫《くじ》き、一気に攻めるという作戦を立ててある。ドラゴンもまた戦闘態勢を取る……と思いきや。

「ま、待ってください。あたしに戦うつもりはありません」

え、今のはあのドラゴンだよな。女の子の声？

「人を襲ったりもしていません。どうか、剣をお納めください」

うん。女の子だ。間違いない。幼さを隠そうと必死に大人びた声を出そうと頑張っているような、そんな声だ。

大きさから判断するに、年齢はヤングアダルト。人間で言うところの十五〜十六歳。よくよく見れば瞳はつぶらで、ルビーの輝きには潤んだ涙が添えられている。

一瞬、ドラゴンが詐術によってこちらを欺こうとしていることも考えた。しかし、聖鍵のマインドリサーチはドラゴンに対してオンにしてあった。彼女はおびえている。怖がっている。人間を恐れている。先ほどの言葉にも嘘《うそ》はなく、大切な存在を守らなければならないという義務感が今も流れこんでくる。それを裏付けるように羽を閉じたまま、動こうとしない。ダークス係数も◯。つまり、魔王支配の残滓《ざんし》もなし。

彼女は無実だ。保護すべき対象だ。戦うなんてとんでもない。

なに？　こんないたいけな女の子のドラゴンを洗脳して調教し、モルモットにしようとしたヤツがいる？　誰だそいつは。なんて外道。人にあるまじき下衆《げす》。そいつはきっと、陵辱系エロゲ主人公に違いない。間違っても俺のことではないだろう。

「戯言《たわごと》を……」

なんてことをおっしゃってるんですか、アラムさん。あんなかわいい子が嘘をつくなんてこと、あろうはずがございません。さあ、アラムもそんな剣はしまって、この子の話を聞こうじゃないですか。平和的に話し合いで解決しましょう。俺たちも話し合ったら、うまくいったじゃありませんか。争いをなくすには、まずは話し合いです。

そういうわけで。

「話を聞こうか、かわいいドラゴンちゃん?」

「正気で言っているのか!?」

俺の言葉にすぐさま反応したのはドラゴンではなく、アラムのほうだった。

「当たり前だ!」

ちょっとカチンときて、思わず大声で言い返す。

「相手は魔物だぞ。しかも、強欲で知略に長《た》けたドラゴンだ!」

ええい、アラムは聞き分けが悪いな。

「あのドラゴン、悪い子には見えませんけど……」

さっすがリオミ様、話がわかる!

「王女まで、そのような……」

「まずは、お話だけでも聞いてあげてはどうでしょうか」

「……知らんぞ!」

剣聖は拗《す》ねてしまった。大人げない。

「ええと、その」

おっと、当のドラゴンちゃんが困惑している。

「あー……うん。あの人は気にしないで。俺は三好明彦。アキヒコって呼んでくれ」

「まさか、予言の……？」

ドラゴンまで予言を知っているのか。どれだけ有名なんだろう。

「ということは……はっ、ダメ！」

ぎゅうっと体を縮めるドラゴンちゃん。

「べ、別になにか悪いことをしてるってわけじゃないなら、なにもしないよ」

「ドラゴンさん。アキヒコ様はとても優しい方です。ときどきひどいですけど、安心してくださ
い」

「ひぃ」

こら、リオミ。ますますおびえさせてどうするんだ。

「ひどいことしないで！」

「しないしない」

「本当に？」

「うんうん」

ドラゴンちゃんがジーッと観察してくる。うーん、随分警戒されてしまったな。おのれリオミ。

女の子と仲良くする俺が、そんなに気に入らないのか。聖鍵はこんなとき、俺になにも教えてくれ

ない。粘り強く話しかけるしかないかな。

「どうすれば信じてくれるかな？」

「えっと……そっちの人が剣をしまってくれたら」

言われて見てみれば、アラムはまだ剣を納めていなかった。

「アラム」

「本当にどうなっても知らないからな」

俺の念押しで、アラムはしぶしぶ剣を納める。

「さあ、こっちは剣をしまった。今度はキミが名乗ってくれ」

「……シャ＝ディーラ」

「いい名前だね。ディーラちゃんって呼んでもいいかな」

「うん」

なんだろう、ヤングアダルトドラゴンにしてはちょっと幼い感じがする。実際はヤングぐらいなのかな。だんだん、頑張って大人ぶらなくなってきたのは素が出てきてるのかもしれない。もう少しだ。

「ディーラちゃんは、どうしてここにいるのかな？」

「えっとね、逃げてきたの」

俺の問いかけになにかを思い出そうとしているのか、ディーラちゃんは長い首を傾《かし》げた。

「逃げてって……どこからかな？」

「なんか、真っ白い光のなかから」

ちょ。ホワイト・レイじゃないですか、やだー。俺は、こんないたいけなドラゴンまで光のなかに消し去ろうとしてたのか。自分で自分を許せない。というか今、聞き捨てならないセリフを言ってたような。

「白い光の……なかから？」

「うん。その前のことは、あんまりよく覚えてないんだけど……」

俺の知る限りのスペックだと、ホワイト・レイを浴びて生き残れる有機生命体は存在しない。どういうことだ？　嘘の情報を摑《つか》まされているのか。それとも、俺の知らない秘密がまだなにかあるのか？

「お姉ちゃんといっしょに逃げてきたの」

「お姉ちゃん？」

ディーラちゃんが羽をそっと上げると、そこには十二〜十三歳ぐらいの女の子がうずくまって眠っていた。人間の姿なのは、たぶんルビードラゴンに備わった擬似魔法能力の《シェイプチェンジ》を使っているからだろう。プラグスーツみたいな、肌にぴったり張り付いた未来的デザインの服を着ている。なんか、デザインがアースフィアっぽくないような。

「お姉ちゃんとお話できるかな？」

「ダメ！」

ディーラちゃんは羽を閉じてしまった。そうか、彼女が守りたかったのは、お姉ちゃんだったたんだな。

「ごめんごめん、お姉ちゃんにはなにもしない」

「お姉ちゃん、起きないの」

「まさか、その子も光のなかに？」

ディーラちゃんは首を動かした。ドラゴンなりに頷いたみたいだ。

さーて。さてさてさて？　わけがわからなくなってきたぞ？　光のなかで生き残ったという事実は、保留しよう。ホワイト・レイの洗礼を受けたってことは、この子たちは魔王城にいたことになる。俺が聞いた話だと、魔王城の周囲には人間が生き残れないレベルの闇の瘴気《しょうき》が立ちこめていたということだった。もちろん、リオミが嘘をついてたわけじゃない。実際過去のデータでも、魔王城付近のダークス係数は一〇〇パーセント以上。臨界を突破していた。ダークス係数に関する話は今度に回すとして。とにかく、ディーラちゃんたちも瘴気に侵されていた。そしてそこまでの濃度で侵食されていたなら、魔王が消えただけじゃおとなしくならないと聖鍵のマニュアルにあった。だからこそ、俺はなんの迷いもなくホワイト・レイを発射できたのだ。

まさか。まさかとは思うが。

「キミたち以外に生き残った子はいる？」

「ううん、あたしたちだけだと思う」

彼女たちが例外なのか？　ダメだな、今は答えが出ない。でも、ひょっとして、ひょっとするとだが。ホワイト・レイには闇の瘴気を祓《はら》って、対象を救う効果があるのかもしれない。そうでもないと彼女が正気を保ってここにいる説明がつかない。実際に魔王城付近の闇の瘴気は消滅していたが、だからといって確証もない。他にもダークス係数の高い魔王支配下の魔物はいくらでもいたはずだが、照射跡地にはなにもいなかった。ホワイト・レイを食らってなお、生き残るだけの生命力が必要だったりとかするのだろうか。このダークス係数に関しての詳細も情報開示レベルが足りなくて推測しかできないんだよな。

うーむ。彼女たちが助かった経緯はともかく……ドラゴンによる人的被害は出ていないとのことだし、今回の討伐依頼はお流れだな。せっかく生き残って魔王の支配から逃れられたんだし。彼女たちには新しい人生があってもいいはずだ。

「わかった。本当はキミたちをやっつけるお仕事を受けてたんだけど」

「や、やっぱりひどいことをするんだ！」

ディーラちゃんが再び身を守るように小さく丸まった。

「ううん。キミたちのことはやっつけない」

「……え？」

俺が優しく否定すると、ディーラちゃんは信じられない答えを聞いたというように、目をぱちくりさせた。

「人間のことを襲わないって約束する？」

「す、する。いや、します！」

ディーラちゃんの首がぐいんぐいん動く。必死で頷いてるみたいだ。

「リオミもそれでいいよな？」

「は、はい。アキヒコ様がそうおっしゃるなら。それにしても、こんなおとなしいドラゴンがいるなんて聞いたことありませんでした」

ああ、やっぱりアースフィアでは魔物イコール邪悪というのが常識なんだな。リオミならわかってくれるだろうと思って、真相を語る。

「これまでは魔王に操られてたんだよ。これからは、そういう魔物もおとなしくなるんだ」

「そうなんですか……」

案の定、リオミの表情が曇る。

「魔物は凶暴だというイメージが定着してますからね。魔物に家族を殺されたことを恨みに持つ人たちもいますから。魔王に操られてたからといって、許せない人は多いと思います」

やはり、か。魔王支配体制百年の因縁は深い。

それにしても、アラムは案外静かだな。

……いや、静かすぎる。ていうか、リオミの今の言葉を聞いてから、あからさまに気配が変わってないか？

やばい。なにが？　わからないけど。なにか、良くないことが起きてる。

このままじゃ、俺は死ぬ。そんなビジョンが見えた気がした。

俺は予感に従って、アラムに対する聖鍵のマインドリサーチを、オンにする。

アラムの感情が。アラムの表層思考が。これまでルナベースに送られた報告を含めて俺に流れこんでくる。

ぐっは。なんだ。こんな感情、俺は知らない。

怒りか。憎悪か。悲しみか。虚《むな》しさか。絶望か。希望か。あるいはすべてか。

どうすることもできない。どれだけ努力しようとも。最善を尽くしていようと。私は無力。戦う力を。仇《かたき》を取るための力を。すべての魔物を斬り殺す。そのための力を。修行をした。辛《つら》いと思ったことはない。私には才能があった。先代は褒めてくれた。育ての父親だった。免許皆伝となる。魔王を倒すための奥義を受け継ぐため。剣聖アラムの称号を受け継ぐ。そのために恩師である先代を斬った。私にはもうなにもない。あとはもう魔王を倒すため。予言の勇者を待つ。待った。勇者は。勇者は、やってこなかった。勇者は私を無視して、魔王を倒した。なんだ。なんなのだそれは。

挙げ句にこれからは魔物がおとなしくなるから助命する？　だったら、私が、私がシてきたことはなんだったのだ。これからなにをスればいいのだ。

どうすればいい。どうすればいいの？

……ああ、なんだ。簡単なことではないか。私のすべてを無意味にしようというのなら。そうなる前にスればいい。ヤればいい。あの男を、勇者をシてしまえばいい。いつもみたいにキる。そしてこれからも。

なんだなんだ簡単だとっても明瞭だ斬るキル斬ればいい殺《や》るヤル殺ればいつもどおりシてしまえば死なせてしまえばいいのだってだってもう戻れない引き返せない女としての自分を捨てて犠牲に

して修行して魔物を斬って斬って斬って斬って斬って斬って斬って斬って斬って斬って斬って斬りまくって大好きだった父親代わりだった師匠だった先代を魔王を倒すために殺して殺して殺して殺して殺して殺してしまったんだからあはははあはははははははははははははははははははっあはははははははははははははあはははははははははははははは

ど、くん。

ルナベースからの心理データの提供。それは、一瞬。現在進行形の思考が最後の最後に流れてきた。俺は怖くなって、マインドリサーチを切ってしまった。

アラムの様子は、先ほどから変わらない。変わっていない。いないはずだ。なのに。なのに。俺は、聖鍵を抜いてしまっていた。

「は、あ……！」

呼吸が荒くなる。この後に起きること。そんなの、もう聖鍵の情報がなくったってわかる。

修羅だ。あの女は人間じゃない。一匹の修羅。鬼だ。

「……勇者アキヒコ」

目の前ですらりと、白磁の刀身が引き抜かれる。

「あなたの方針はよくわかった」

時代劇のワンシーンを見ているかのような錯覚にとらわれる。

「悪いが、従えない。ギルドからの依頼はあくまでドラゴンの討伐」

リオミが口元を手で押さえ、息を呑《の》む。

「そもそも魔物に善悪の斟酌《しんしゃく》など不要。魔物はすべて殺す」

ディーラちゃんが身を守るように体を丸め、戦慄する。

アラムはまっすぐ、俺を見る。そして俺は悟った。

「もし、まかり通らぬというのなら」

「勝負してもらう。決闘だ、勇者アキヒコ。逃げることは許さん」

これまで向けられてきた殺気など、児戯に等しかったということを。


わかったつもりでいた。解決したつもりでいた。仲直りしたつもりでいた。

甘すぎる。ちょっと話しただけでなにが変わるというのか。剣聖アラムを安く見すぎていた。

剣聖とはすなわち、剣を極めし者の称号。比類なき腕前を礼賛されるアースフィアの宝。その領域に至るとなれば余人には想像もできない艱難辛苦《かんなんしんく》が待ち受ける。

魔物はもちろん、必要なら人を斬ることも厭《いと》わない。そんなのはアースフィアの戦士であれば当たり前。なら、剣聖は？　剣聖の殺戮には、どれだけの数と質を伴うのか。

剣聖の称号を受け継げるのは、たった一人。彼女が五代目なら、残りの剣聖はどうなったのか。

考えるまでも……なかった。

「ア、ラム。いったい、どういうつもりだ」

「知れたこと」

ようやく出た言葉さえ、斬って捨てられる。

「私は魔王を斬るつもりだった。斬れるだけの腕前も自負していた。だが、魔王はもういない。斬ることができないのならば、魔王を倒した勇者を斬るしかないだろう」

無茶苦茶だ。前後が成立してない。アラムの狂気は、今のセリフに正当なる意味を見出《みいだ》しているのか？

「許してくれ。もうおまえを斬ることでしか、自分の意味を見出せそうもない」

本当に申し訳なさそうにアラムは笑う。冗談じゃない。

「ふざ、けるな！　そんな理屈があってたまるか！」

「すべては我が身の不徳の致すところ。アキヒコにはなんの落ち度もない。だから……」

ふっと、アラムの姿が消える。

「私のことも遠慮なく斬ってくれていい」

白き閃刃《せんじん》が奔《はし》る。

「……！」

動きが止まった。

呼吸を整え、構えを取る。

俺が、ではない。

アラムが、だ。

アラムの刺突は正確に俺の喉元を狙ったものだった。斬撃のような線による攻撃ではなく、点の攻撃。線より点のほうが防ぐのが困難なのは自明である。初撃に刺突を選択したのは魔王を倒した勇者を一撃の下に確殺するという、アラムの意思表示に他ならない。

だが、外した。先の攻撃は脅しなどではなかったのに。

……いや、その表現は正確ではない。

「……まさか、今のを避けられるとは思わなかった」

そう、アラムのつぶやきのとおり。『俺』が、避けたのだ。

剣聖の、音が後からついてくるような速度の刺突を『俺』は避けた。姿勢を低くし、文字どおり間一髪。髪の毛数本の犠牲だけで回避せしめ……さらに大きく跳ねて間合いを仕切り直したのだ。

『俺』は無言でアラムの動きを観察するように、目を細める。

「アラムさん、やめてください！　こんなことをしても……！」

リオミが叫ぶ。

「……リオミ、いいんだ」

「アキヒコ様!?」

「あいつは言葉じゃ止まらないよ」

『俺』もまた、聖鍵を構える。アラムと寸分変わらぬ、静置の構え。

「なぜあなたが、その構えを……」

アラムが訝《いぶか》る。当然だ。見よう見まねではない。本物とまったく同じ、流派を極めた者にだけ許される剣聖独自の構え。

アラムの不意打ちに反応できたことには、俺が一番驚いている。だが、『俺』にはできて当然だ。なにしろ、敵は『自分自身』。初動さえ見切れば、どこに一撃が来るのか手に取るようにわかる。それこそアラムは、己自身と相対しているように思えるはずだ。

正直、俺に戦う気はなかった。アラムの姿がかき消える直前まで、小賢《こざか》しく策を巡らせようと考えていた。クレーターのときと同じく。

だが無理だ。リオミに告げたとおり、アラムには言葉じゃ届かない。剣だ。剣でしか、彼女を説得することはできない。それがバトルアライメントチップの経験に基づく結論だった。俺には理解できない世界である以上、『俺』に任せてもらう他あるまい。

「『俺』が勝ったら、俺に従ってもらうぞ、アラム」

「もう勝ったつもりでいるか、勇者！」

もちろんだ。おまえがどれほど努力しようと。おまえがどれほど足掻《あが》こうと。

俺はそのすべてを超える装備の恩恵でもって、おまえを倒す！

――聖鍵、起動！

――マインドリサーチ、対象、アラム！

――アラムの思考情報を俺ではなく『俺』……バトルアライメントチップと同期！

驚異的な速度の踏みこみ。アラムは足を滑らせるような動きで間合いを詰めてくる。『俺』は焦ることなく姿勢を低くし、聖鍵を腰のあたりで横に倒して迎え撃つ。アラムの右からの一閃《いっせん》を敢《あ》えてさらに踏みこむことによって間合いを外し、そのままの勢いで肩をぶつけんとアラムの顎を狙う。とっさに半身を反らすことで躱《かわ》したアラムの反応速度はさすがと言えよう。しかも後ろに倒れこんだ拍子に、後ろにずらした左足を軸足にして、右足で打ち上げるような蹴りを打ってきた。

『俺』はあらかじめ横倒しにしておいた聖鍵で蹴りを受け止め、その勢いを利用して地面を蹴りあげ、アラムの右足と聖鍵のぶつかった部分を起点に宙返りし、ちょうどアラムの真上に逆立ちするような体勢に持ちこむ。そのまま体重をかけて聖鍵を押しこみ、剣聖の右足を破壊せんと試みるが、アラムは右側に転がりこむことで回避する。アラムは、その回転を利用して倒れこんだまま宙空で無防備となった『俺』の首筋に剣を奔らせるが、聖鍵を引き戻した『俺』はいともたやすく受け止め、剣撃の勢いに逆らうことなく左へと逃れる。即座に体勢を立て直すアラムに、『俺』は聖鍵を投げつけた。

「なっ……⁉」

まさか武器を捨てるとは思っていなかったのだろう、聖鍵を打ち払うものの『俺』の次手への反応が遅れた。ディスインテグレーターを抜き打ち、腰だめに撃つ。狙いはアラムではなく、彼女の愛剣。

「白閃峰剣《はくせんほうけん》が⁉」

原子に還《かえ》った白磁の輝きを眺めながら『俺』はディスインテグレーターを捨て、宙に浮かぶ聖鍵に念じて空間に遠隔収納。アラムの胸部に向けて左掌底を放つ。

「か、は……っ！」

肺の空気をすべて排除されたアラムが呻《うめ》く。だが、『俺』はそこで止まらない。右手に再度空間から出現させた聖鍵を摑んで、体を右回転しながら勢いをつけて聖鍵の刀身部分をアラムの腹にぶちこんだ。パワードスーツで強化された『俺』の一撃は、アラムを洞窟の壁まで吹っ飛ばすのに充分すぎる威力を発揮した。岩壁に叩《たた》きつけられ、地面に落ちたアラムはぴくりとも動かなくなる。

「安心しろ、峰打ちだ」

聖鍵にはそもそも刃がないけどな。

「アキヒコ様……剣聖アラムを、圧倒するなんて……」

「あわわわ」

リオミとディーラちゃんは泡食ったまま、一歩も動けていない。無理もない。攻防はほんの一瞬だった。俺だって動体視力強化がなければなにが起きたのかもわからなかっただろう。

とはいえ勝てたのは当然の結果だ。アラム単体の戦闘力が同格なら、パワー、スピードにおいてスーツを着た俺は彼女のそれを上回る。そして一手二手先を読めるマインドリサーチをチップに同期すれば、結果は見てのとおり。なにしろ、戦う相手が自分自身で、しかも考えてることもわかるなら、負ける道理がない。

アラムのマインドリサーチの結果を自分自身に送らなかったのは、アラムの狂気に呑まれることを防ぐためだ。言うまでもないがリオミの揺れる乙女心の比ではない。あんなモノをまともに読み取ってしまえば戦闘中はチップで戦えたとしても、戦闘後の俺が前後不覚に陥りかねない。だったら戦闘に不必要な情報ノイズはバトルアライメントチップに0と1の情報として処理させてしまえばいいと、そういうわけだ。

俺がアラムに対して余裕を持って応対していたのは、こうなることがわかりきっていたからだ。

結果はルナベースに何度も何度もシミュレーションさせてあった。そのために、アラムについてはマインドリサーチも含め、細部のデータを取っておいたのだ。

うん、実際かなり怖かった。勝てる確信、安心安全の保証がないと精神の平静を保てなかった。装備で戦闘はできるけど、心はそうはいかない。

「正直、やりたくはなかったんだけどな」

剣聖アラムの矜持《きょうじ》を踏みにじる結果となってしまった。最強が最強でなくなったことでアラムに消えない傷を作ってしまったかもしれない。最悪、俺の罪悪感を据え置きにして記憶操作もやむを得ないか。

「アラムさん、死んじゃったんですか……？」

「いや、かろうじて生きてはいるよ。これから治すための場所に行くから、リオミたちもちょっと来てくれ」

おそるおそる近づいてきたリオミに俺は軽い調子で肩を叩く。

「き、来てくれって……」

「あたし、どこにつれてかれちゃうんですか。まさか、見世物小屋に売られちゃう⁉」

ディーラちゃんが騒ぎ出した。

「あー、もう面倒くさい」

――聖鍵、きどー。半径五十メートル以内の有機生命体をマザーシップへ転送ね。

はー、今回はさすがに疲れた。体はスーツのおかげで平気だけど、精神的に疲れたわ。とりあえずオートマトンに命じてアラムはメディカルルームに運ばせておいた。とりあえずこれで死ぬことはないだろう。倉庫区画に待たせたリオミたちと落ち合う。

「いやあ、剣聖アラムは強敵でしたね」

「いや、全然苦戦したふうじゃなかったですけど」

リオミはどうやら、あの戦闘がきちんと見えていたようだ。洞窟に入る前に視覚強化魔法を使っていたおかげだろう。

「予言の人、怖いよ～……」

「怖くない怖くない」

一方ディーラちゃんは、いきなりわけもわからずマザーシップに連れてこられて錯乱しているようだ。うむ、錯乱しているだけだろう。俺は怖くない。

「実際結構危なかったと思うよ。先に有効打がなかったら、やられてたかもしれない」

「やられてたかもしれない、じゃないですよ！」

なにに怒ったのか、リオミが泣きながら胸に飛びこんできた。うんうん、いつものスキンシップだね。今ならお尻触っても怒られないかな？　冗談です。

「剣聖アラムの白閃峰剣に斬られたら、アキヒコ様といえども命はなかったんですよ！」

俺の不埒《ふらち》な内心も知らず、リオミが本気で心配してたことをアピールするように俺の胸を叩いた。

「大げさだなぁ。俺だって防具は妥協してないんだし、大丈夫だったって」

「……ああ。アキヒコ様はご存知なかったのですね。あの剣の魔法特性を」

「んー？」

魔法特性？　そういえば、シミュレーションのときは特に武器のことは加味してなかったんだよな。どれどれ、えーと？　なんだ、それほど攻撃力は高くないじゃないか。これなら、パワードスーツでも充分にダメージを吸収できて…………ん？

・白閃峰剣
初代剣聖アラムから受け継がれる魔剣。

白磁のような輝きと切っ先までのラインが雪に覆われた尖《とが》った山のように見えることから、この銘がつけられた。

剣聖級の達人がひとたび振るえば空気を切り裂き軌跡が見えるとまで言われているが、実を言うと切れ味そのものは高品質な業物の領域を出ない。

だが、最大の特徴は防具を透過する魔法特性にある。

いかなる鎧《よろい》や外皮に身を固めようと、剣聖の前では裸同然なのである。

魔法特性っていうなら絶対魔法防御オプションで防げて……いや、あれは装備者が魔法の対象にならないだけであって、相手が振るう武器の魔法効果を打ち消したり抑止したりするものじゃないって書いてあったような……。

えっと。これは、つまり。パワードスーツの防御力は、アラムの剣相手にまったく通用しなかったってことですか？

嘘。ちょ、おま。今になって震えが来た！　やべえ！　これは漏れそう！

お手洗いに駆けこみながら、俺はアラムとの問答を思い出していた。

「ドラゴンの鱗は鋼鉄よりも硬いらしいけど……」

「大丈夫だ、問題ない」

大丈夫じゃない、問題だ！

第七章　勇者の告白

どうも俺は聖鍵《せいけん》の調査能力を過信していたようだ。ディーラちゃんをレッドドラゴンと間違えていたこと。白閃峰剣《はくせんほうけん》の魔法特性を知らずにアラムと戦ってしまったこと。いずれも、俺がもっとよく調べていれば事前に対策を立てられたはずだ。

要するに、現代のインターネットと同じなのだ。興味のある情報しか調べられない。複数のソースで確認しなければ見落としに気づけない。

俺は衛星監視映像で確認した影がドラゴンだとわかったとき「赤い　ドラゴン」と検索してしまった。検索トップに躍り出たのはルビードラゴンではなく、レッドドラゴン。その時点で、俺はディーラちゃんがレッドドラゴンだと決めつけてしまったのである。それはまだ、大した間違いじゃないから良かった。

だけど、アラムの白閃峰剣の見落としはまずい。

俺がシミュレーションで戦っていたアラムは、バトルアライメントチップに使われていたデータだ。戦闘経験の蓄積であるチップには、本物が所有している武器のことまでは含まれない。この時点でアラムが特殊な武器を所持している可能性を失念していた。剣聖アラムに代々伝えられる剣であるなら、事前に調べるチャンスはいくらでもあったし、一度は白閃峰剣を目にしておきながら検索を面倒がってスルーしてしまっている。ドラゴンと戦う前ならアラム本人やリオミに聞いておくだけでも知る機会はあったはずだ。

ルナベースのデータは極めて正確だが、俺が使いこなせるかどうかは別。それがあらためて浮き彫りになった。あらゆるデータを検索して知ることができるのは強みだが、わかったつもりになるのは危険だ。図書館を背負って歩いても自分の頭が良くなるわけじゃない。

「結局、まるでダメって話だな」

用を足し終え、手を洗いながら鏡を覗《のぞ》きこむ。なんとも情けない顔が映りこんでいた。まあ、俺がダメなのは再確認するまでもないのでショックはない。だけど改善点を放置するのは論外だ。この件に関してはルナベースにも状況を報告しプランを練ってもらう。無論、自分でも対策を考えたり、検索癖をつけたりと注意しよう。

「ごめんなリオミ。また心配かけて」

お手洗いから瞬間転移で戻ってきた俺にリオミは苦笑で返した。

「いえ……今回のことは仕方ないかなと思いますし」

「リオミにそう言ってもらえると、心が楽になるよ。ありがとう」

「ゃぅ……」

アラムの意識が戻るまでしばらく時間がある。今のうちにディーラちゃんの処遇を決めてしまおう。

「ディーラちゃん。アラムのやつにはきつく言っておく。キミたちの安全は俺が保証するから安心してほしい」

「あ、ありがとうございます」

うんうん。ちゃんとお礼を言えるいい子だなぁ。

「アースフィアで暮らすには、まだ人々の理解を得づらいと思う。しばらくは、ここでほとぼりを冷ますんだ」

「あ、あの～。ここって、どこなんですか？」

広大な倉庫区画を見回すディーラちゃん。当然、壁も果ても見えない。

「俺の家……みたいなもんかな。ちょうどいいから、リオミにもちゃんと案内するよ」

「アキヒコ様の家……あ。はい、お願いしますね」

「で、でもお姉ちゃんが……」

ああ、そういえば。ディーラちゃんは、あの子を隠したままだった。

「お姉ちゃんは、ちゃんとしたところで休ませてあげよう。そうしたほうが、早く目を覚ますかもしれないし」

「う」

「まだ信じてもらえない？」

「ううん、お兄ちゃんはいい人かもって思う。ちょっとコワイけど……」

お兄ちゃんキター！　ドラゴンの女の子が妹になったようです。

「ごめんね、お兄ちゃんがときどきひどいっていうのは、私に対してだけですから」

それは全然フォローになってない。リオミも言うようになってきた。

「そういえば、ディーラちゃんもお姉ちゃんみたいに人間の姿になれる？」

「えっと、うん」

ディーラちゃんの宝石のような鱗《うろこ》が輝いたかと思うと、一瞬で巨大なドラゴンが人の姿をとった。真紅の長い髪に、赤い瞳。見た目は十四〜十五歳ぐらいの女の子。きれいなルージュカラーのワンピースを着ている。美人ではあるけど、どっちかというとかわいらしい印象だ。変身でよくある「生まれたままの姿」ってパターンではなかった。リオミがいるし、ここでのラッキースケベイベントは地雷でしかない。

「お姉ちゃんより年上に見えるね」

「むー、でも、お姉ちゃんなの！」

そんなやり取りをかわしつつ、部屋にディーラちゃんのお姉ちゃんを横たえた。必要なら、後でもっと高度な医療施設に移送しなくては。ん、そういえば。

「お姉ちゃんの名前はなんていうの？」

「ザー……あ、えっと。ラ、ラディです」

ふむ？　ディーラちゃんの逆読みか。

「じゃあ、ラディお姉ちゃんはここにいるから、また後で戻ってこようね」

ディーラちゃんはちょっと名残惜しそうにしてたけど、素直に言うことを聞いてくれた。

そんなわけで、マザーシップツアーが始まった。今回は聖鍵の転移で区画移動というわけにはいかないので、きちんと設置型のテレポーターを使う。二人とも驚きっぱなしで、俺は質問攻めにあった。

「あれはなんですか、アキヒコ様」

「工廠《こうしょう》だよ。あそこで、俺のしもべを量産しているんだ」

「お兄ちゃん、あれはなーに？」

「あれはね、お菓子を作っているんだよ。そうだ、二人にちょっと味見してもらおうかな」

「じゃあ、私はこのきのこの里というものを」

「あたしは、たけのこの山がいい！」

お菓子は大変好評だった。特にリオミは甘いものに目がなかったらしく、「アキヒコ様、本当に持って帰ってもいいんですか⁉」と何度も確認した後、きのこの里を大量にバックパックへ放りこんでいた。やっぱり今度、祭りかなにかのときには戦略爆撃機で配ろう。

「あと、重要な区画には俺の許可がないと入れないようになってるから。光ってないテレポーターは使えないからね」

「そうなんですか」

「まあ、用があるとも思えないけど」

マザーシップのルールを説明しつつさまざまな区画を見て回った。それにしたってマザーシップは歩いてみると広い。とてつもなく広い。案内は丸一日使っても足りない。今度、案内用のロボットでも造らせるかな。そんなこんなで休憩も兼ねて、食堂で夕食を摂《と》る。二人とも、勝手に料理が出てくる装置に目を輝かせていた。

「とてもおいしいです、アキヒコ様」

「おいしーい！」

二人とも気に入ってくれたみたいだ。ディーラちゃんはおかわり自由だと知ると、もりもり食ってた。まあ、ドラゴンだしな。

「これも聖鍵の御力なのですね……」

リオミは食後に祈りを捧《ささ》げていた。それを見たディーラちゃんも、見よう見まねで祈っている。

「そういえば、アースフィアでは聖剣の信仰があるんだっけ」

「はい。聖剣教団といいまして、予言詩の管理をし、広めた組織です。今では町人や農民にも信仰されています」

本当は聖なる鍵って書いてセイケンなんですよね、とリオミは笑った。まあ、俺が強硬に呼び名を改めさせる必要もないだろう。

食事が終わるころには、ディーラちゃんとはすっかり打ち解けた。やっぱりうまいモノは女の子の心を摑《つか》むのに効果的だ。

「じゃあ、そろそろ戻ろうか」

ラディちゃんを寝かせた部屋に戻る。

「お姉ちゃん……」

いっしょに寝ると言い出したディーラちゃんは、そのまま姉の眠るベッドで寝てしまった。

「ふぅ」

思わず、一息ついてしまう。まだギルドへの報告などが残っているが、ようやく仕事が一段落した。仕事……か。この俺がね。

「疲れていたのですね。きっと」

「ラディちゃんを守ろうと、寝ているときも気を張っていただろうしな」

リオミの手がディーラちゃんの頭に触れた。ちょっとだけピクンと反応したが、紅の髪の少女はそのまま眠り続けている。くすりと笑い、リオミはディーラちゃんを撫《な》で始めた。

「本当にドラゴンも手懐《てなず》けてしまうのですね、聖鍵の力は」

「え？　いや、これは……」

俺の反応にくすくす、と。リオミは面白そうに笑った。

「冗談です。これは他でもない、アキヒコ様のお力です」

「そ、それもどうだろう」

「そうなんですってば」

「うーん。でも俺なんてどうせただの……」

「めっ。またそうやって、自分を卑下しないでください」

あう。怒られてしまった。

「今の私が信じているのは、予言でも聖鍵でもなくアキヒコ様ご自身です。それをお忘れなく」

そんなふうに言われてしまっては、俺だってなにも言えなくなるじゃないか。くぅ、今どんな顔しちゃってるんだろう。リオミがそんな俺を慈しむように見てくる。

「ち、ちょっとアラムの様子見てくるよ。リオミは二人を頼むっ！」

慌てて部屋を出た。ああ、俺のヘタレ……。


逃げるように出てきてしまったが、アラムに会いにいくと思うと、ちょっと気が重い。アラムの意識が戻るルナベースの予測時間は、少し過ぎてしまっている。まさか暴れたりはしていないと思うが。

アラムにはひととおりの治療を受けさせ、ベッドに寝かせてある。その際に鎧《よろい》や衣服を脱がせる必要があったが、もちろんメディカルボットにやらせた。断じて、覗いたりといった変態的行為には及んでいない。俺にはアリバイがある。俺はずっと、リオミとディーラちゃんといっしょにいた。監視カメラと聖鍵を同期して、珠《たま》のお肌を観察するなんてことはしてない。筋肉はしっかりついてるのにきれいでしなやかそうだなんて、思ったりもしてない。鎧で着痩せしてたけど、結構胸が大きいんだななんて、考えたこともない。

いや。違うんだ。事故だったんだ。たまたま定時報告のタイミングが悪かっただけなんだ。わざとじゃないんだ。俺はやってない。それでも俺はやってない。

「アラム、入るぞ」

一応一声かけてから、メディカルルームへ入室する。俺を認証した自動扉が開くとアラムが襲いかかってくる……なんてことはもちろんなく。アラムはベッドの上で半身を起こして、ぼーっとしていた。患者用の白服を羽織っている。

「やはりアキヒコ……か」

俺の姿を認めたアラムは、俺を見るでもなく言った。

「やはりって？」

「歩いてくる気配を感じた。歩幅と足音から、間違いないだろうと思って起きた」

ひえー。やっぱりアラムは只者《ただもの》じゃない。今更驚いたりはしないが。

「少しは頭が冷えたか？」

「ああ……すまなかった」

アラムは素直に頭を下げた。そして、噛《か》みしめるようにつぶやく。

「私は、負けたのだな」

かける言葉がなかなか見つからない。俺がアラムに勝てたのは、所詮は装備の力。独力ではない。しかも、アラム本人のバトルアライメントチップありきだ。そういった意味で「剣聖アラムが勇者に敗北した」とは言えない気がする。だからといって、彼女にかけるべき正しい言葉とも思えなかった。

だから、

「ああ、おまえの負けだ」

と、彼女の言葉を肯定した。

「あれが魔王を倒した勇者の力、か。日を跨《また》ぐことなく魔王を討伐したと聞いたときは耳を疑ったが、いろいろと納得できた」

「そうか」

「…………」

「…………」

む、会話がとぎれてしまった。俺から振ったほうがいいか。聞きたかったこともある。

「なあ、アラム。今度こそ、教えてもらってもいいよな？　おまえが、俺を憎んでいた理由を」

もちろん、だいたい察しはついてる。だけど、アラムの意志で俺に言うことが大事だと思う。

「……わかった」

アラムも、ここに来て言《い》い淀《よど》んだりはしなかった。

「私の両親は、冒険者だった。有名なパーティで、私は祖母の家に預けられていたが、月に一度は必ず帰ってきてくれた。優しく、強く。私にとって父と母は憧れだった。だが……」

アラムが言葉を詰まらせる。

「無理しなくていいんだぞ」

「いや、あなたには聞いてほしい」

「……わかった。続けてくれ」

「十五年前。魔王の侵攻により、諸国が最も危機に瀕《ひん》していた時期のことだ。父ディアスは、新しく即位した王の命でタート＝ロードニア王国に招聘《しょうへい》され、魔王討伐の任を帯びた」

十五年前ということは、リオミがまだ二歳のころ。王様も、その時期に今の地位についたのか。それにしても……。

「魔王討伐って……予言はどうなるんだよ」

「もちろん伝わっていたが、あのころは聖剣教団の力もそれほど強くなかった。なにより、予言の成就が何年先になるのかもわからないのに、ただやられっぱなしというわけにはいかないだろう」

言われてみれば、もっともな話だ。魔王は約百年前から存在し、予言の勇者はなかなか現れない。むしろ十五年前の討伐令以前にも、なにかしら試みられていると考えたほうが自然だ。

「とにかく、父と母はともに魔王討伐に向かい……そして、帰ってこなかった。そのときの生き残りが、オーキンスさんだ」

あのギルド長にも、そんな過去が。人は見かけによらないっていうか、ギルド長やってるだけあって本当は凄《すご》い人だったのか。

「父と母が死んだ後、祖母も亡くなった。私はオーキンスさんの世話になって天涯孤独とはならなかったが、両親の仇《かたき》を取りたい気持ちはどんどん強くなっていった」

「それで剣聖……か」

「世界で一番強くなれば、魔王を倒せる。そんな子供じみた夢を、今まで見てきたんだ。笑ってくれ」

笑えない。そんなの、全然笑えない。

「先代の剣聖アラムのもとで修行を積めるようになるまでもいろいろあったが、絶対にやり遂げると決めていた。私はほどなく先代のもとで修行を積み……免許皆伝となった。そして、剣聖アラムの、称号を、継ぐために。先代を、斬ったんだ」

一言一言、噛みしめるように。その意味を自分のなかで反芻《はんすう》するように。まるで、懺悔《ざんげ》。

「すぐに魔王の元へは向かわなかった。そのころにはリオミ王女が予言成就のための宣言をし、聖剣教団の指導のもと、魔王討伐の動きは各国はもちろん個人にも戒められていたからな。私は、予言の日を待った。そしてあなたが召喚される当日。オーキンスさんのギルド支部で、勇者が仲間を求めてやってくるのを、待ったんだ」

「だけど、俺は現れなかった」

「……ああ」

恨まれても仕方ない。十五年の努力のすべてを水泡に帰されたのだ。星の巡り合わせが悪かったとしかいいようがない。

だけど。

「なあ、アラム」

「なんだ？」

俺は素朴な疑問を抱いて、それをアラムにぶつけた。

「勇者が召喚される日までわかっていたのに……どうして召喚の場で待たなかったんだ？」

質問の内容は明確なはずなのに、アラムは目を伏せた。言いにくそうに歯噛《はが》みしている。

「剣聖アラムの称号さえあれば、リオミにあらかじめ頼んで、俺に同行するのは全然問題なかったはずだ」

「…………」

「もし、それがダメだったとしても、俺が『聖剣』を抜きに行くことはわかっていたはずだ。『聖剣』の落ちた地で待っていれば……」

俺も、八鬼侯《はっきほう》相手にいらぬ知恵を絞らずとも良かった。剣聖アラムは颯爽《さっそう》と勇者の危機を救う。そういうシーンになったはずだ。

「……意地だ」

「え？」

ぽそりとつぶやきながら、女剣士は顔を上げた。

「私の意地だ。ロードニアに頭を下げるのだけは……嫌だと。そんなくだらない理由だよ」

……そうか。十五年前、両親に魔王討伐の命令を出したのはタート＝ロードニア王国。リオミは関係ないと頭ではわかっていても、彼女の矜持《きょうじ》が最善の行動を禁じたわけか。それがアラムの運命を変えてしまった。どこまでも皮肉な話だ。

「やっぱり、アラムは俺と似てるところがあるな」

「は？」

怪訝《けげん》な顔をするアラムに俺は肩を竦《すく》めてみせた。

「俺にも、そういうところがあるからさ」

聖鍵の力を全開にすることを、俺は心のどこかで恐れている。自分の力で頑張れる部分は頑張るんだと制限をかけている。もちろん、それだけじゃない。

「俺は全力を尽くしたり、努力を継続したりして積み上げた連中を……どこか胡乱《うろん》な目で見ちゃうんだよ。俺自身、なにも積み上げてないからな。勇者だなんて言われてるけど、全部聖鍵の力のおかげなんだ」

求めて、失って、努力が足りないと自分で認められない。全力を尽くしていないことを、他人に責任転嫁する。自分は悪くないと、運が悪かったからだと己を騙《だま》し続ける。

「その点、アラムやリオミは立派だよ。本当に、そう思う。聖鍵におんぶにだっこの俺とは……違う」

リオミは努力して、やり遂げて。本当に凄いと思う。いつ見ても眩《まぶ》しい。リオミが両親と再会するとき俺が逃げ出してしまったのも、自分の惨めさから目を背けるためだった。

アラムだってもちろん、努力が中途半端だった俺とは違うのだろう。似ていると言ったが、彼女は彼女なりに全力を尽くしている。だけど、俺と同じような喪失や空回りを経験していた。

『未熟がゆえの我が身の不徳、どうか許してくれ』

以前そう言ったアラムを見て、まるで鏡を覗いている気分になった。剣聖と呼ばれる女性と自分を同一視するなんて、どうかしてるとは思うが。アラムはリオミより俺に近い。そう感じる。彼女にとっては、迷惑な話だろうが……。

「……つまり私はあなたではなく、聖鍵に負けたにすぎないと？」

「え？」

アラムの問いかけに、今度は俺が怪訝な顔をする番だった。

「その顔、どうやら本気で言っているようだな」

はあ、と。呆《あき》れた顔で嘆息するアラム。

「まあいい。道具に使われているうちは、そんなふうに考えることもあるだろう」

それきり、アラムはこの話を打ち切った。

「ともあれ、あなたは私に勝った。黒星がついた以上、私はもはや剣聖アラムを名乗れない。以後は、あなたが六代目剣聖アラムを名乗るといい。アキヒコ」

「えーっと……」

そういう話になってしまうのか。

「伝統にのっとり、本来なら白閃峰剣を授けるところだが……」

「あ」

そうだ。あのときは夢中でアラムの武器を原子分解してしまったが、あの武器は初代から受け継がれる剣聖アラムの佩剣《はいけん》だったのだ。まずったなあ。だが、アラムは剣は大した問題ではないとばかりに首を振る。

「なくなってしまったものは仕方がない。あなたには聖鍵があるのだし、その武器でも私の命を断つことはできるだろう」

ん？　……今、なんて言った？

アラムは決意を秘めた瞳で、俺を射抜いた。

「私を斬れ、アキヒコ。それでおまえは剣聖だ」

なにを……言ってる？　アラムは、なにを言っているんだ？

絶句する俺にかまわず、アラムはさらに続けた。

「剣聖アラムが決闘に賭けるものは、己が命と称号。一切の例外はない。剣聖の名を引き継ぐということは、先代の屍《しかばね》を踏み越えるということだ」

アラムがわけのわからない言葉を口にしている。俺には意味不明だ。かーっと、頭に血が上ってくるのを感じる。

「そんなのはダメだ！」

口をついて出た言葉は、半ば条件反射。アラムは目を細め、即刻反論してくる。

「では、私を延命させると？　それこそ私に対してはこの上ない侮辱だ。決闘で負けた以上、自決さえ許されない。恥を忍《しの》んで、目的もなく生きろと、あなたは言うのか？」

「うるさい！　言ったはずだぞ。『俺』が勝ったら俺に従えと。あの約束、違えるつもりか？」

「約束に是と応えた覚えはない！」

「ふざけるな！　それなら俺だって、剣聖の伝統なんてものを後から聞かされて、従えるかっていうんだ！　俺は剣聖の称号が欲しくて、おまえとの勝負を受けたんじゃない!!」

睨《にら》み合《あ》う。これは、ここだけは譲るわけにはいかない。アラムがこんな形で死ぬなんて、俺に殺されるなんて結末があっていいはずない！

「白閃峰剣だって、もうない！　なら剣聖の称号を受け継ぐメリットなんて、ないはずだろ。そんなものをもらうために、アラムの命を奪うなんて全然、釣り合っちゃいないじゃないか！」

「なにっ⁉ 白閃峰剣がなければメリットがない、だと……！ 貴様、言うに事欠いて！ 剣聖アラムという名の重みがなに一つわかっちゃいない！」

「当たり前だ！ 俺はこの世界に来て、まだ一週間も経《た》ってないいんだぞ！ 女の子一人殺してわけのわからない称号を継がされるなんて、絶対にゴメンだ！」

思わず聖鍵を抜いて、近くの医療器具をぶっ叩《たた》いた。パワードスーツの怪力で振るったせいで、バラバラに砕け散る。

「これだけ言ってもか……！」

「ああ、俺は絶対に剣聖アラムの称号を継がない。アラムのことも殺さない。もしそれがおまえにとって侮辱だって言うなら……俺を恨め！ おまえを地べたに這《は》いつくばらせた勇者を、生き恥をさらさせたアキヒコという男を、骨の髄まで恨み尽くせ！ 俺はどれだけ憎まれたってかまわないぞ。それで、おまえの命が助かるっていうならな！」

アラムは驚愕《きょうがく》に目を見開き、言葉を失っていた。俺は止まらない。

「だいたい、おまえがちゃんとしてれば俺だって魔王を速攻で倒そうなんて思わなかった！ 城でもクレーターでもいい、俺が最初に聖鍵の力を使う前におまえが登場していたら！ おまえの話を聞いていたら！ おまえといっしょに、魔王城に乗りこんでやったさ！ 冒険者ギルドで待ってただ？ ふざけんな！ これまで努力してきたくせに、最後の最後で手を抜きやがって！ そういうところをな、ちゃんと神様は見てるんだよ！ チャンスが目の前に来てるとき、ちょっと躊躇《ためら》っただけで、同じような機会は一生訪れないことだってあるんだ！　人生ってよ、そういうもんなんだよ。俺には、俺にはそれが……」

体から力が抜けていく。立っているのが辛《つら》い。この話は、絶対にしないって決めてあった。その誓いを破る。アラムの甘さを、気を抜いた迂闊《うかつ》さを、糾弾する。

「俺にはそれが許せない。中途半端なヤツがたどり着けないのは当たり前だ。そんなのは自業自得だからな。だけど、おまえみたいに頑張ってきた奴《やつ》が……最後に報われるのがハッピーエンドってもんじゃないのかよ。なのに怒りに任せて俺に意味のない決闘をふっかけて、その挙げ句に負けたから死ぬだと？　そんなバッドエンド、俺は認めないぞ！　おまえは絶対にこの後に報われて、もっといい人生が待ってなきゃ、嘘《うそ》なんだよ！　だから、歯ぁ食いしばって生きろ！　キリギリスと違うってところを俺に見せろよ！」

最後のほうは自分でもなにを言っているのかわからない。支離滅裂だった。アラムは黙って俺の罵倒を聞いていたが、言葉の嵐が収まったところで一言だけ。

「どうして、あなたは、そこまで……」

俺はその言葉を最後まで聞くことなく部屋から出ていった。怒りのあまり思考が働かない。こういうときは、頭を冷やさないとまずい。俺はわけがわからなくなると、記憶が飛ぶ。

――聖鍵、起動。

マザーシップ中枢区に跳んだところで、俺は意識を失った。

「……ん」

気づけば、俺は大の字で寝っ転がっていた。慣れ親しんだ頭痛に額を押さえながら身を起こす。眩しい中枢ミラーボールの輝きに俺は目をしばたたかせる。どれぐらいの時間が経過したのだろう。それほど時間は経ってないと思うのだが。

こつん。

「ん？」

床に聖鍵が転がってる。いつの間に出したんだっけ？　拾って状態を確かめたが、特におかしな点はないようだ。マインドリサーチも、マザーシップに帰ってきたときにちゃんと全員分オフにしてある。中枢でやることなんて、聖鍵のオンライン接続の初期設定ぐらいのはずだが。俺が覚えていないだけで、なにかしたあと戻したんだろうか。

いや、やれることはもう一つあった。

「ブラックボックスの解放でもしようとしたのか」

聖鍵を所持し続けることによって、閲覧可能な情報レベルを上げることができる。だが、これはなにもしないで、ただ持っているだけではダメだ。一ヵ月に一度、聖鍵の正式な所持者でいたことを証明するために、更新を行う必要があるのだ。

「この間やったような気もするけど……まあ、頻度を上げたほうがいいみたいだしな」

一ヵ月に一度で一千ポイント稼げるのが所持によるスペシャルボーナスだとしたら、毎日接続することで稼げるポイントはせいぜい一ポイントのログインボーナスといったところだ。微々たるものではあるが、超宇宙文明の秘密にある程度早く迫るために少しでもやっておいたほうがいいかもしれない。

一応試してみたが、やっぱり接続済みになってた。意識失ってる間にやってたっぽい。記憶が吹っ飛んだときの俺は、本当になにをやらかすかわからない。ばかなことをしないようにここに跳んだ覚えがあるが、よく考えたらその間だって聖鍵は使えるのだから、あんまり意味がなかった。今度やばそうだったら、聖鍵をどっかに放り出すぐらいのことはしておかないと。

ガンガンする頭を抱えながら、俺はリオミたちを待たせていた部屋に跳んだ。部屋では三人の女の子が仲良く眠っていた。リオミも疲れていたのかな。いっしょのベッドで寝てる。みんなそれぞれ、かわいらしい寝顔だ。ここにいると変な気を起こしそうなので、俺ももう別の部屋で寝ることにしよう。アラムには……冷静になって考えてみると、ちょっと言いすぎた。明日の朝、謝ろう。

艦長室に跳ぶ。内装が多少豪華で広くなってること以外、他の船室と大差ない部屋でシャワーを浴び、用意した寝具に着替える。ベッドに寝転がり、今日のことを思い出した。信じがたいことにリオミに再会したのが今朝のことなのだ。その後、アラムと出会い殺し合いを演じるまでの長い一日になった。

ギルドに報告しに行かなくちゃいけないのだが、アラムの件が片付いていない。あの様子じゃ、しばらく納得してくれないだろう。どう説得したものか。

ん、そりゃこれだけ激動の一日を過ごしたんだから、すぐに睡魔も来るよな。さっきまで意識を失ってたのはノーカンだし……。

　次の日。身支度を整えた後、部屋にリオミたちを迎えに行く。

「おはよう。入って大丈夫？」

「アキヒコ様！　ちょっと待っててください、すぐに済ませますから」

　俺は一つ頷《うなず》き、腕を組んで仁王立ちの構え。こういうとき迂闊に女の子のいる部屋に踏みこんではならない。俺はエロゲ主人公ではないのだから、こういうときにやらかしたイベントのしっぺ返しは、後々長く響いてくる。

　だから、扉が俺を自動認証して開いてしまったとき、俺の目は驚愕に見開かれた。

「あ」

「え？　きゃあっ⁉」

　俺は見た。リオミがちょうどブラジャーを付け替えている場面を。ばっちりと、その、全部見えてしまったわけで。俺の頭に「責任」「結婚」「さもなくば死罪」というキーワードが浮かんでは消え、浮かんでは消え。

　半ば無意識に聖鍵を抜く。

　——聖鍵、起動！

　——緊急転移‼　艦長室！

大丈夫、俺はなにも見なかった。もう一度、やり直しだ。

「お、おはよう。リオミ、さっきはごめん。扉が勝手に……」

「……アキヒコ様のえっち。もう他国へお嫁にいけません」

リオミは真っ赤になってうつむいていたが、怒っているというわけではないようだった。ディーラちゃんはそんなやり取りをジト目で見ていた。主に俺を。いかん、せっかくお兄ちゃんとしての地場を固めつつあったのに。ドラゴン妹化計画がガラガラと崩れる音を聞きながら、俺は二人を朝食に誘う。ラディちゃんは案の定、起きてこなかった。

「アラムさんは……」

「あの人、くるの？」

さすがにディーラちゃんと会わせるのはな。聖鍵越しに監視カメラでアラムの様子を見る。特にあれから脱走などを試みてはいないようで、不気味なくらいおとなしい。

「アラムにもちゃんと別に食事を出すから心配はいらないよ」

食事が喉を通るか、わからないけど。とりあえず朝食の日替わりプレートはベーコンエッグだった。これ結構好きなんだよね。リオミはＢＬＴサンド、ディーラちゃんは全メニュー制覇するつもりなのか、いろいろ食べていた。

「こんなにたくさん食べていいなんて、幸せ〜」

喜んでもらえたなら、よかった。女の子のこういう笑顔が見たいんだよ。

「そういえば、昨日はアラムさんとなにを話したんですか」

リオミが食事の手を止めて、俺の目をまっすぐに見る。

「うーん……実は」

特に秘密にすることはない。気恥ずかしくはあるがリオミにはきちんと話す。こういうことで隠し事はなしだ。

「……アラムさん、辛かったんですね」

「だからって、俺があいつを殺すだなんて無茶苦茶もいいところだよ」

話してたらまた腹が立ってきて、思わず腕組みしながら背もたれに寄りかかる。

「剣聖アラムは今生に一代のみと聞いていましたけど、そんな壮絶な掟《おきて》があったなんて」

リオミも知らなかったか。というより、先代を斬る次代の剣聖候補にしか知らされないのだろう。

「あいつは頑張ってるんだから、ちゃんと報われるべきだよ。リオミもそう思うだろ？」

「そうですね。ちょっと、そこまでアキヒコ様に言わせるアラムさんには、嫉妬しちゃいそうですけど」

ひぎぃ！　またしても王女様の嫉妬ゲージがが。

「あっ、大丈夫ですよ。アキヒコ様は自分のことより他人のことを考えてしまう人だっていうのは、わかってますから」

「ん？」

リオミはなにを言ってるんだ。俺ほど利己的な男も、そういないと思うんだが。アラムに対しても無性に腹が立ったから言ってやったまでのこと。リオミは俺のことをフィルターを通して見すぎだ。

「うう……っ」

ディーラちゃんには刺激の強い話だったかな。

「……お兄ちゃん、あの人に会ってもいいですか」

「えっ!?」

ディーラちゃんが自分から言い出すなんて……もの凄《すご》く意外だ。

「もう剣も持っていないし、大丈夫だと思うけど。いいの？」

「うん。あたし、あの人に謝らないと」

謝る？　なにを、謝るのだろうか。

「じゃあ、みんなでお見舞いに行きましょうか？」

リオミの一声で、俺たちは朝食が終わった後、メディカルルームへと跳んだ。

「おはよう、アラム」

「おはようございます」

「……おはよう」

ディーラちゃんは、俺の後ろに隠れて顔だけアラムに見せている。アラムは、ディーラちゃんを見ても、特になにも反応しなかった。するわけないか。ドラゴンの姿じゃないし。

「斬られにきたか、魔物」

アラム殿は、心眼をお鍛えになってらっしゃいましたか。

「……アラム」

俺が注意すると、アラムは面白くなさそうに首を振った。

「冗談だ」

アンタが言うと本気に聞こえるんだよ。

脅しに屈しそうになっていたディーラちゃんが、勇気を振り絞ってアラムの前に出てくる。

「あの……」

「なんだ？」

「十五年前、お父さんとお母さんがお亡くなりになったと聞きました」

おいおい、アラムが俺のほうを「なぜ話した！」という目で睨《にら》んできてるんだけども。

「あたし、たぶんその人たちのこと知ってます」

「……なんだと⁉」

……ああ、そうか。ドラゴンは寿命がない代わりに、成長段階が進むのに五十年程度のサイクルを要する。ドラゴンが魔王城の要所を守っていたのが本当なら、アラムの両親と遭遇していてもおかしくない。

「もの凄く強くて、仲間の子たちも何人かやられましたから、よく覚えてます」

「……待って。魔王の支配下にいたときのこと、覚えてるの?」

質問したのは俺だ。てっきり、正気を奪われてる間のことは覚えてないものだと思ってた。

「ほとんど眠ってるような状態だったんだけど、ときどき意識がはっきりすることがあって。それでも、暴れることばっかりしか考えられなくなってたんで、あんまり意味はなかったと思う」

何でもないことのように言ってるが、それってもの凄く辛いことじゃないだろうか。

「待て、なんのことを言ってる」

アラムが怪訝そうに眉をひそめる。

「洞窟のときにも言ったけどさ。魔王ザーダスは闇の瘴気《しょうき》で魔物を支配下に置いてたんだよ」

ディーラちゃんの肩が、魔王の名を聞いてビクリと反応する。

「確かに魔王が現れる以前はすべての魔物が凶暴だったわけではないと、聞いたことがあるが。やはり、とても信じられないな」

「私も師がそんなことをつぶやいていたような気はしますが、はっきりと教えてくださったのはアキヒコ様がはじめてです」

アラムもリオミもまだ少し戸惑っているみたいだった。これまで常識だと思ってると、そうなっちゃうのも無理はないよな。ここは俺が言葉を尽くそう。

「本当のことなんだ。アースフィアに生きる魔物が、魔王が消えた後で支配から解放されたんだ。逆に制御されなくなって凶暴化した魔物と、おとなしくなった魔物がいることも突き止めた」

そう、このあたりは念入りに調べたので、自信を持って言える。

「魔王がいなくなってこれから世界は確実に変わる。俺はできるだけディーラちゃんのようにダークス係数の下がった魔物を保護したいと思ってるんだ」

「「「……ダークス係数？」」」

あ、しまった。ルナベースの専門用語を使ってしまった。いや、この際だからちゃんと話してしまおう。

「一言で言えば、闇の瘴気にどれだけ侵食されているかの指数だ。こいつが高いほど、魔王によって支配される可能性が高くなる。普通の人間でも心に闇を持っていれば一〜十ぐらいの数字は算出される。○っていうのは、かなり心がきれいなほうだ。その点、ディーラちゃんはまったく瘴気に侵されていない。彼女は魔王の支配から完全に脱しているんだ。魔王が倒れたことによって魔物の支配はなくなった。その結果、生来ダークス係数の低かった魔物がおとなしくなり、高かった魔物が暴走してるんじゃないかっていうのが、俺の分析だ」

本当はルナベースの分析だけど。ここは俺の手柄にしておいたほうが話が早そうだ。ダークス係数については、これぐらいわかればいいだろう。というか、俺もこれぐらいしか知らない。

「仮にそれが本当だとして、魔物を保護しておくことなどできるのか？」

「あっ……」

アラムの疑問の答えに、リオミは行き着いたようだ。

「アキヒコ様、まさかここの施設を……？」

「うん。俺一人じゃ使い切れないしな」

マザーシップは、人間の偏見から魔物を守るのにはうってつけの場所だ。今の状態でも、かなりの数の衣食住を保証できるだろう。

「本気なのか……」

「それで、その」

呆れた様子のアラムに、ディーラちゃんが声をかける。そうだ、今はディーラちゃんのターンだった。

「アラムさんのお父さんとお母さんは、あたしたちを突破して城に突入したんです。そのあとのことはわからなかったけど……ザーダスが『久しぶりに骨のある人間だった』って言ってたから、たぶん……」

「とうに父と母は死んだと思ってる。今更言われてもな」

アラムは帰ってこなかった両親の仇討《あだう》ちだと言っていた。とっくの昔に両親の命は諦めていただろう。

「それでも、あたしたちがアラムさんのお父さんとお母さんを殺してしまったことには、変わりないと思う……」

「…………」

「ごめんなさい」

沈黙するアラムに向かって、ディーラちゃんは頭を下げた。

「操られてたせいだなんて、言い訳しません。皆さんにたくさん迷惑をかけてしまって、本当にごめんなさい」

ええ子や。なんてええ子なんや。こんなええ子を操るなんて。魔王許《ゆる》すまじ。もう消えたけど。

「……わかった、もういい」

いつまでも頭を上げないディーラちゃんにアラムが根負けし、ため息をついた。

「悪いが、謝られたからといって許せるほど、私は寛大ではない」

「はい、わかっています。でも、ごめんなさい」

「おまえが殺したわけではないのだろう。なぜそこまでする」

アラムの問いに、ディーラちゃんは。

「あの人の罪は、あたしも背負わないといけないと思ったから」

その言葉の意味は、発した本人以外の誰にもわからなかったけど。とてもとても、重たい響きを持っていた。


ディーラちゃんの謝罪は終わった。次は俺の番だ。

「昨日は……俺も言いすぎた。すまない」

「アキヒコ……」

俺もディーラちゃんの隣に立って謝罪する。でも俺はすぐに下げた頭を上げた。

「だけど俺にはやっぱりおまえを殺すなんて。いや、人を殺すなんて無理だ。俺にはできないよ」

気まずい沈黙が流れる。

「……半ば不意打ちのような形でふっかけた私のほうこそ、悪かった。私もあのときは、頭に血が上っていたからな」

意外にも今度はアラムのほうが頭を下げてきた。

「アラム……」

「もう、私にその名は名乗れない！　すまんが、一人にしてくれ」

アラムが目を逸《そ》らす。やっぱり、今は時間が必要か。

「今日中にギルドに報告に行く。昼過ぎに迎えに来るからな」

そう言い残して、俺たちはメディカルルームを辞した。

「彼女、立ち直れるでしょうか……」

「どう、だろうな」

リオミのほうがアラムの気持ちは想像しやすいのかもしれない。アースフィアはところどころ地球……というより日本の要素が窺えるので忘れてしまいそうになるが、やはりここは異世界だ。所詮、俺は異邦人。相容《あいい》れない価値観もある。

「うう……」

一方ディーラちゃんは、すっかり元気をなくしていた。

「……お姉ちゃんのところ、行くか？」

ディーラちゃんが無言で頷き、彼女を寝かせている部屋へと転移する。

ラディちゃんは相も変わらず、こんこんと眠り続けている。こうして二人を並べてみると、あんまり似てない。ラディちゃんはルビードラゴンって感じがしないんだよな。色的に。他種ドラゴンなのかもしれない。

ああ、そうだ。もう一つやっておかないといけないことがあるんだった。

「ディーラちゃん、頼みがあるんだ。ドラゴン討伐の依頼の証《あかし》として、キミの鱗を少し分けてもらいたい」

「アキヒコ様……」

リオミの目は「倒したことにしてしまうのですか」と訴えていた。

「いいかな？」

「……うん」

ディーラちゃんが袖をまくると、腕の部分に真紅の鱗が露出していた。《シェイプチェンジ》で変身している間も、ドラゴンの特徴は残るらしい。ディーラちゃんは痛みを堪《こら》えるでもなく器用に鱗を一枚剝がして、俺に渡してくれた。

「ありがとう。キミたち姉妹のことは、俺が責任をもって守るから」

彼女たちの罪を共有してあげられない以上、俺にできることはそれぐらいだ。

「……うん、ありがと。お兄ちゃん」

俺を見上げたディーラちゃんは、精一杯の笑顔を浮かべてくれた。

「夕飯までには帰ってくるから、留守をよろしくね」

「うん」

多少の申し訳なさを感じつつ笑顔を返し、部屋を後にする。

「リオミ、ちょっと付き合ってくれ」

「は、はいっ」

リオミを連れてブリッジに跳ぶ。特別話す用件があるというわけではなかった。ただ単に、一人きりになりたくなかっただけ。

「アキヒコ様……？」

アースフィアを見下ろす俺を、リオミが心配してくれる。

「この世界全部で、これから同じようなことが起きるんだよな」

アラムとディーラちゃんは縮図にすぎない。魔王の支配がなくなったあとも、人間は魔物を憎み、魔物は虐げられて人間を憎むようになる。ディーラちゃんのような善良な子は、肩身の狭い思いをしながら罪悪感に苛《さいな》まれる。

「俺は、本当に魔王を倒してよかったんだろうか……」

今でもときどき夢に見るのだ。あの選択ははたして正しかったのか、と。リオミのことを思えば最善だったことは間違いないが、これから起きるであろう悲劇を思えば胸が痛む。

「アキヒコ様、お気を確かに」

リオミが隣に来てくれる。俺の心が弱っていると察したか、かつてのような叱責はない。そっと寄り添ってくれる。

「確かに魔王を倒したことで生まれる悲劇もあります。それでも、魔王によって苦しめられた多くの命が救われたことに間違いなどありません」

「ああ、わかっている」

「これから、アキヒコ様の知識を大いに活用しましょう。お父様もきっと協力してくださいますし、聖剣教団なら教えとして広めることもできましょう」

「俺は保護って方向で考えてたけど、そうか。最終的には、人々の認知度を上げるほうが重要だよな」

また俺は視野狭窄《きょうさく》に陥っていたようだ。こういう大局的な判断はリオミのほうが向いている。

「惑星エグザイル、か。言ってくれるよ」

超宇宙文明は、アースフィアを流刑地《エグザイル》と呼んでいる。彼らにとって、アースフィアは未開もいいところなのだろう。外宇宙への開拓以前に、彼らは惑星のなかで一つになれていない。彼らから見れば地球も同じようなものだろうか。

「アキヒコ様。どうか、私たちを信じてください」

「リオミ。どうか、俺を支えてくれ」

俺一人では、大きな力に押し潰されてしまう。だから、決してこのぬくもりを手放すまい。

「ねえ、覚えてるかな。この間の続きをって話……」

「……はい」

抱きしめた柔らかいリオミの感触に脳を焼かれながら、美しく艶《つや》やかな髪を撫でる。俺を見上げる彼女の瞳は潤んでいた。思わず愛おしくなって、できるだけ優しく頬に触れる。やがて俺の手は、リオミの少し赤みの増した唇にたどり着いた。

かつて、あれだけリオミに手を出してはならないと頭のなかで言い訳を連ねておきながら、自分の心を支配する情動の前にそんな詭弁《きべん》は塵芥《じんかい》同然と成り果てていた。妹みたいに思ってる、などという発言は撤回しよう。俺にとって、彼女はもう……。

「好きだよ、リオミ」

「……嬉《うれ》しい。私もお慕いしております、アキヒコ様」

お互いの気持ちを確かめ合う。リオミは赤面しながら嬉しそうにはにかんだ。

一瞬、アラムやディーラちゃんに見られてしまうんじゃないかという思考が脳裏をよぎった。だがゲスト権限もない彼女たちでは、ここにたどり着くことはできない。

だが、今度は無粋なセキュリティカメラどもが俺たちをしっかり見張っているのが気になった。聖鍵に命じ、照明ともどもすべてシャットダウンする。宇宙から差しこむ有害な紫外線やガンマ線を遮断した太陽の輝きだけが、ブリッジを覆う漆黒の闇に一縷《いちる》の輝きをもたらす。リオミは突然の闇にびくりと肩を震わせたが、俺が自分を指し示して瞬きすると、すぐに安心してくれた。俺の手がリオミの両肩に触れようとすると、いよいよリオミも覚悟を決めて目を瞑《つぶ》る。

アースフィアの蒼《あお》き輝きに、二人の男女の影が重なった。

第八章　そしてハーレムへ

昼過ぎになった。俺たちがアラムを迎えに行くと、すでに鎧《よろい》姿に着替えたアラムが待っていた。

「遅かったな」

「あ、ああ。悪い」

「す、すいません」

俺もリオミも挙動不審だったが、アラムは気にするふうもなく聞いてきた。

「このままギルドに行くのか？」

「いや、一度村に挨拶をしてからかな」

——聖鍵《せいけん》、起動。対象、俺、リオミ、アラム。転送先、メイラ村。

「村にはなんと説明するんですか？」

「本当のことを言おうと思う。それでいいか？」

「かまわない」

アラムに確認したら即答された。ディーラちゃんの謝罪が効果をあげたのだろうか。

村に事情を説明すると、逆に納得されてしまった。子供の様子がおかしいと思った親が、話を聞き出した結果。なんとディーラちゃんに遭遇し、友達になっていたことがわかったのだ。

あのときアラムの言うように、きちんと情報収集をしておけば……。結局、レッドドラゴンの情報が誤りだったという裏付けは、狩人《かりゅうど》の証言と子供の証言、複数のソースから取ることができたというわけだ。ルナベース検索だけに比重を置くことの危険性を再認識する。倒したと嘘《うそ》の報告をしたら、子供には泣かれていたに違いない。今度ディーラちゃんに会わせてあげることを子供と約束し、俺たちは村を去った。

「よかったですね、アキヒコ様」

「ああ。ちょっと、光明が見えた気がするよ」

アラムだけは言葉もなく、複雑そうに顔を顰《しか》めていた。

王都の外に跳び、徒歩でギルドへと向かう。受付の人に取り次ぎを頼むと、彼女は慌てた拍子にまた足の小指をぶつけていた。ひょっとして、いつもやるんだろうか。

「さすがアキヒコ様、魔王討伐にも劣らぬスピード解決でしたな！」

「あー……どもです」

そうだ、ギルド長はこういう人だった。これで魔王討伐の生き残りだというのだから、能ある鷹《たか》は爪を隠すということなのだろうか。

「して、ドラゴンを倒したという証《あかし》は？」

「それなんですが、ドラゴンは悪い魔物ではなかったので、倒さずに説得しました。人は襲わないそうです」

「なんですと⁉」

村でしたのと同じ説明を繰り返す。

「一応、説得した証ということで、ドラゴンからは鱗《うろこ》を分けてもらいました」

「うむむ……しかし、レッドドラゴンだったのですよな」

「いえ、実はそこが間違いでして。ルビードラゴンの子供だったのです。瘴気《しょうき》に侵されてもいなかったので、魔王がいなくなった後に正気に返ったのでしょう」

あらかじめ考えておいた言葉をつらつらと。反論の余地を与えず、鱗を手渡した。

「討伐ということにはなりませんでしたが、ドラゴンの脅威は去りました」

「ふぅむ……」

「オーキンスさん」

考えこむギルド長に、アラムが声をかける。

「アキヒコの言うことに間違いはありません。私が保証します」

「キミがそのようなことを言うとはな……」

心底驚いた様子のギルド長。彼はアラムの事情を知っているだけに信じられないといった様子だ。かくいう俺も、ここでアラムがフォローしてくれるとは思わなかった。

「それと、私はアキヒコに決闘を挑み敗れました。もう私は剣聖アラムではありません」

「な、なんだってー!?」

ドラゴン説得以上のインパクトが、ギルド長を襲う。

「本当なのですか、アキヒコ殿!?」

「えーと、はい。勝っちゃいました」

てへぺろ。

「と、いうことは……やはり、掟《おきて》に従って……」

おや、ギルド長は先代斬りのルールを知ってたのか。

「それなのですが、私はアキヒコに助命されました。業腹ではありますが、生き恥をさらすことにします」

信じがたいといわんばかりにギルド長は俺とアラムを交互に見比べた。ていうか、びっくりしてるのは俺も同じなんだけど。

「そういうことですので、私の登録名から称号を消してください。かつての名に戻ります」

「そ、そうか……わかった」

困惑しつつもギルド長は頷《うなず》いた。

「では、その件はのちほど済ませておくとして、まずは報酬なのですが」

ギルド長の目が厳しく細められる。減額は覚悟のうえだ。

「契約どおり、お一人につき白金貨三枚と金貨百枚を支払わせていただきます。白金貨では普通の買い物には大きすぎますので、一枚分を金貨に両替いたしました。もちろん、手数料はいただきません」

報酬に変わりなし。考え得る限り、最高の結果だ。

「わかりました、それで結構です。ありがとうございます」

「それと、アキヒコ殿にはご指名でカドニア王都のギルド支部から依頼が入っております。もちろん、受けるかどうかはそちらで決めていただいてかまいませんが……」

む？　俺を指名？

「あのカドニアが……？」

リオミが不審そうにつぶやく。なんだろう？　いや、今はギルド長から内容を聞くのが先だ。

「どんな依頼でしょうか？」

「なんでも盗賊退治とか。アキヒコ殿のお手をわずらわせるようなものではないと思いはしますが……」

盗賊。つまり人間が相手なのか。いくら盗賊でも人間を殺すことには抵抗があるな。とはいえ俺を指名したというのは気になるし、受けるかどうかの判断もしたい。調べておこう。

「今すぐ即答はできませんが、前向きに考えておきます」

「わかりました。早急というわけでもありませんし、カドニアは遠いですからな。時間を置いても大丈夫です」

そういうことなら、本来かかる移動時間ぐらいは情報収集に費やしてしまってもいいということか。アースフィアの通貨も手に入ったし、しばらくは余裕がある。前みたいに漏れがないように慎重な調査をしよう。

ギルド長はなにやらリオミに目配せし、リオミも頷いていた。なんだよ、俺だけ仲間はずれかよ。俺の席ねぇのか？

「報酬は受付のほうでお支払いします。今回は本当にありがとうございました」

ギルド長がふかぶかと頭を下げる。こうして事務的に応対してくれる分にはいいんだが。

「それとアキヒコ殿！　こちらの紙にサインをいただけないでしょうか！　私と母と娘の分、三枚お願いします‼」

最後までおとなしくしていられんのか、この人は。俺は適当に書いたサインを渡して報酬を受け取り、ギルドを後にした。


「私はこれから一度城に寄りますが、アキヒコ様はどうしますか？」

冒険者ギルドを出るなりリオミが尋ねてくる。

「俺も行ったほうがいいのかな？」

「いいえ、アキヒコ様には来ていただかなくても大丈夫ですよ。ちょっとした用事ですから」

野暮用ねぇ。なんかギルド長と目配せし合ってたけど、それ関係かな？

「ん、それなら俺抜きで行っておいでよ。後で迎えに行くからさ」

「はい！　では、アラムさん……ではもうないんでしたっけ。お先に失礼しますね」

リオミは城のほうへと帰っていった。自然とアラムと俺だけが残される。

「おまえ……これから、どうするんだ？」

俺の問いかけにアラムは答えない。今更話すこともないということなのだろう。ギルドの依頼が完了した時点で、アラムとはお別れだ。結局、喧嘩別《けんかわか》れみたいになってしまった。とっさに思いついた話題でなんとか引き止めようと試みる。

「そういえば、俺が魔王を倒したあと、ずっとギルドに留《とど》まってたのか？」

「……しばらくは、なにも考えられなかった。宿で時間を潰していたよ」

目的を見失って、自暴自棄になっていたようだ。

「ギルドに顔を出したのは、たまたまだ。オーキンスさんに別れの挨拶を済ませようと思ったところ、ドラゴン退治を受ける話になった」

「なるほどね……」

俺たちがギルドを訪れたのが、そのタイミングだったと。本当に偶然だったわけか。

「私も聞きたいことがある」

っと。ここでアラムから質問か。

「俺に答えられることなら」

「どこで、あの構えを……いや、あの流派を会得したのだ？　あれはまるで……」

「自分と戦っているみたいだった？」

俺が引い継いだ言葉に、アラムは一瞬驚いた後で真剣な面持ちで頷いた。

「簡単な話だ。俺の戦闘技術は剣聖アラムをコピーしたものだからね」

「……どういう意味だ？」

後ろめたさは、もちろんあった。だけど、彼女には伝えておきたい。

「聖鍵の力の一つでね。他人の技量をそっくりそのまま自分のものにできるんだ。つまり俺の戦士としての動きはすべて剣聖アラムから盗んだものなんだよ。だから、アラムは誰にも負けてなんていない。俺自身の力なんて、たかが知れてる」

これで怒らせてしまうことになるかもしれない。いや、それでもいい。俺に対する怒りが、彼女の生きる活力になるなら、それもいいのではないかと思った。

「俺は聖鍵を使ってアラムの力を借りてるだけの、卑怯者《ひきょうもの》なんだよ」

だから、アラムが死ぬ必要なんてないのだと。掛け値なしの本音を伝える。俺の告白を聞き終えたアラムは無表情だった。そこには、怒りも悲しみも、かつての無軌道さも見られなかった。

「……そうか」

そしてただ、頷いて。

「私の、完敗だな」

とつぶやいた。

「…………は？」

思わず声に出していた。どうしてと聞くこともできず、俺は呆然《ぼうぜん》としてしまう。

「どうやら私は自分のことを未熟だと言っておきながら、随分とうぬぼれていたようだ。剣聖という称号、そしてその強さに」

「ふむ」

「聖鍵の力といったな。あなたは盗んだと言っていたが……要するに、私の実力などあっさりと真《ま》似《ね》されてしまう程度のものだったという話だ」

「はあ」

「しかも、そのことを謝られたとあってはな。もはや剣の腕だけではなく、性根の部分でも完敗だ。ぐうの音も出ない」

「さいですか」

「私はな、心のどこかでは負けていないと思っていたんだよ。剣聖の決闘の意味を知らないあなたに、意固地に掟を持ちだして……本当に、自分が情けない」

「ほほう」

なんでかよくわからないが、今更ながらアラムのなかで敗北が腑《ふ》に落ちたらしい。やっぱりこいつの精神構造、よくわからん。

「意地だ。結局、私は意地という最大の弱点を克服することができずに、魔王と戦えなかった。おまえの言うとおりだ」

……そういえば、そんなようなことを言ったような気がする。あのときはもう、自分でもよくわからない怒りに駆られてたから、実はなにを言ったかうろ覚えである。いや、言わないでおいたほうが吉だね、こりゃ。

「あなたは自分を憎めと言ったな。お言葉に甘えさせてもらおう。これからは、アキヒコ。あなたに本当の意味で勝つことを目的に生きる」

「……そっか」

アラムの瞳のなかに、これまでと違う輝きを見た。思えばずっと死んだ魚のような淀《よど》んだ目をしていた気がする。

「なら、良かった」

俺みたいなクズでも、誰かの生きる目的になれるのなら。それは、とても素晴らしいことだと思う。

「あなたは本当に不思議な人だな」

「そうかなぁ？」

「今のはいい笑みだった」

ん？　俺は今、笑ってたのか。自分では気づかなかったな。

「じゃあ、私も宿に行くが……」

「ああ、うん」

今度こそ。アラムとは本当にお別れだ。

「また会おうな」

俺はそう言って手を振った。アラムは散歩にでも出かけるような歩調で去っていく。実に、彼女らしいあっさりとした別れ方だった。

「あ、そうだ。おーい！」

俺の呼びかけに、アラムが何事かと振り返る。

「もう、アラムじゃないんだろ。本当の名前を教えてくれないか？」

アラムは目を大きく開いて、しばらく固まっていたが、やがてまっすぐにこちらに向き直って……名乗った。

「シーリア。私の名前は、シーリアだ」

俺は、彼女の……シーリアの微笑《ほほえ》む顔をはじめて見た。リオミには浮気者と怒られそうだが。シーリアの笑顔は、素直にきれいだなと思った。


「さて、暇になった」

こちらの世界にやってきてから、久々のオフだ。一人の時間は多かったけど、なにかしらやっていたからな。幸いロードニアの王都の地理はリオミの案内のおかげで頭に入っている。

「異世界観光と洒落《しゃれ》こむかな？　それとも、城に行ってリオミと合流するか……」

あるいはマザーシップに帰って、留守番中のディーラちゃんと戯れるのもいいかもしれない。でも、せっかく金を手に入れたのだ。ちょっと遊んでいってもいいだろう。広場のほうへ歩いて行くと、バザーが開かれていた。露店を冷やかしつつ歩いていると、宝石の店を見つけた。東京では露店でイミテーションのアクセサリーを買ったりしたっけ。懐かしいなあ。

「そうだ。リオミになにかプレゼントしよう」

仲直りの証にプレゼントというのは、俺にしては良いアイデアに思える。もっとも王族である彼女にふさわしい一品など露店に転がってるわけはないが、真心が大事なのだ。陳列されているなかで一番きれいな緑色の宝石のペンダントを手に取ると、露店商が話しかけてきた。

「ひ、ひょっとして予言の勇者アキヒコ様でしょうか？」

「違います」

とっさに嘘をついてしまった。ここで騒ぎになるのも面倒だし。

「そ、そうですか。それにしてもお客様はお目が高い。それは人魚の涙ですよ」

「人魚の涙？」

途端に胡散臭《うさんくさ》くなったぞ。

「はい。かつて人間に恋をした人魚が、愛する人を想《おも》って流した涙と呼ばれる宝石です。恋人に贈るには、良《い》いものですよ」

なんだか露店商が即興で考えたような話だが、検索してみたところ本当にそういう逸話があるようだ。ならば、恋人に贈るモノというセールストークに乗ってやろう。

「これを一つ」

「はい、五千円になります」

買い物のたびに、これがあるのだろうか。いちいちホームシックにかかりそうになる。

「金貨一枚でいいのかな」

「はい、品と銀貨五十枚で五千円のおつりです。お確かめください」

ふむ。通貨のレートをググってみる。こういうことか。

一円＝銅貨一枚
一〇〇円＝銀貨一枚＝銅貨百枚
一万円＝金貨一枚＝銀貨百枚
一〇〇万円＝白金貨一枚＝金貨百枚

露天商は五千円＝銀貨五十枚と言っていたので、金貨一枚＝一万円を渡すと銀貨五十枚が返ってくる。特にお釣りをごまかされたりはしていないようだ。とはいえ、日本とはやや物価が違うように思えるし、あんまり参考にならないな。

散策を続ける。バザーを離れてしばらく歩くと、俺は興味深い建物を見つけた。

「……なんだこれ」

それは、近未来的な建物だった。ビルを二十二世紀風にしたとでも言えばいいのか、明らかに他の建物とは違う。どう考えても、周囲に溶けこめていない。一歩間違えば、景観を壊しかねないイレギュラーだった。人の出入りはそこそこといったところ。ほとんど普通の町人だ。別にとって食われるわけでもなし、入ってみることにする。受付っぽい人がいたので、話しかけた。

「ここはなんの建物なんですか？」

「こちらは聖剣教団ロードニア支部の基地となります」

ここが聖剣教団の支部？　しかも基地？　なんだろう、イメージしていたのとは随分と違う。もっと西欧風の教会のようなものだと思っていたのに。

「あ、あの失礼ですが、ひょっとして予言の勇者様ですか？」

「違います」

即答する。聖剣教団がどういう組織だかはまだよく知らないが、俺が予言の勇者だと知られると面倒くさいことになる予感しかしない。聖剣を信奉しているというのなら、俺も信仰の対象になっていると考えたほうがいいだろう。

「さ、左様でございますか」

疑われてる気がしたので、さっさと退散した。聖剣教団がどういう扱いになっているのか、あとでリオミに聞いておいたほうがいい気がする。よくよく考えれば聖剣が落ちた地がロードニアの近くにあるんだから、ここは聖地として扱われていてもおかしくないんじゃないか？　でも、聖剣教団の関係者らしき人と会ったことがない。召喚の場やクレーターにいてもおかしくないはず。前にリオミに街を案内してもらったとき、ここには立ち寄らなかった。というか教団の説明すらされなかった。聖剣が落ちてたクレーターにも教団に関係するらしい建築物とかはなかったはずだ。案外杜撰《ずさん》な組織なのかもしれないな。

そろそろいい時間になる。リオミを迎えに行くべく、城に足を向けた。


城では当然のごとく顔パスだった。勝手知ったる他人の城である。もはや顔なじみとなったメイドさんに連れられ、謁見の間へ通された。

「おお、アキヒコ殿。ちょうどよいところへ」

王と王妃が玉座に、そしてリオミも一段下がった座に腰を下ろしていた。にこっと笑いかけてくれるリオミは、やはりかわいい。

「先日は大したご挨拶もしないで去ってしまい、申し訳ありません」

「いや、もうそのことは気にせずともよい。こちらこそ、無粋な真似をしてしまった」

王がちらりと横目でリオミを見る。リオミが赤くなってるってことは……さては、関係の進展を聞いたな。王妃もいい笑顔だ。まあ、リオミのことはきちんと覚悟を決めた。王の目論見《もくろみ》に乗ってやるのも、やぶさかではない。なんて言っておきながら、まだキスまでなんだけど。いやいや、ホントだよ？

「実はちょうどアキヒコ殿の意見を聞きたいと思っていたところなのだ。カドニアへは行くつもりか」

「はい？」

カドニア。ああ、盗賊退治の依頼が来ているっていう国だったな。

「まだ考え中です」

「そうであったか。もし行くというのなら、あらかじめ耳に入れておきたい話がある」

王が兵になにやら耳打ちすると、俺たち以外の兵士たちが謁見の間から出ていく。人払い。つまり、デリケートな話題だということだ。

「まず、カドニア王国とわがタート＝ロードニアは微妙な関係となっている」

「と、言いますと？」

「カドニアは予言を否定していたのだ」

「それは……」

それだけで、だいたいわかってしまったぞ。

「余と王妃が石にされている間、リオミは予言に従い自らが『魔を極めし王女』となるべく、大賢者タリウスの下で魔法の修行を積んだそうなのだ。修行に向かう前に、リオミは民の前で大々的に予言を成就することを宣言してな」

「確かに、そのような話を聞いておりますが」

「カドニアは、予言など当てにせず魔王討伐は国が連合して行うべきだという方針をついに曲げなかった国家だ。リオミの大宣言以来、事実上カドニアとは国交を絶たれている」

なんともややこしい話だ。眉唾の予言なんて信じないって気持ちは、わからないでもないけど。

「十五年前の遠征のことは、すでに知っておるか？　余にとっての時間感覚は五年前なのだが」

「ええ、だいたいは」

王が悔恨からか目を伏せた。

「余の治世における、最大の失敗だ。討伐隊を派遣していない国がタート＝ロードニアだけであり、それはいかなるものかと言われてな。カドニア他、諸王国の圧力に屈し、余は友のディアスを死地へ送り出さねばならなくなった」

「……友？」

「うむ。これでも若いころはやんちゃをしててな、冒険者だったこともあるのだ」

なんともはや。そういう関係なら、シーリアがロードニアに複雑な感情を抱くのも頷ける。これで、アースフィアの全体像が見えてきた。

「つまり、カドニアは反予言派の急先鋒《きゅうせんぽう》で、勇者の手によらない魔王討伐を支持してきたということですか？」

「さすがアキヒコ殿、のみこみが早い。そういうことだ。そしてここからが本題なのだが」

王が一度、言葉を切る。

「カドニアの冒険者ギルドは事実上、国営だ。これがどういうことか、わかるか」

「……反予言派だった国が、俺を名指しで？」

話が一気にキナ臭くなってきたぞ。俺の内心を知ってか、王がなぜか愉快そうに笑う。

「連中は焦っている。予言の勇者によって魔王は倒されてしまった。そなたに面子《メンツ》を潰されてしまったわけだな」

「では、俺を呼び出して審問にかけるか、暗殺を？」

そうなると、カドニアに行くのはみすみす罠《わな》にかかるようなものだな……と、思いきや。王は首を横に振った。

「いや、さすがにそこまではすまい。魔王を倒した勇者を殺したとあっては、ダメージを受けるのはカドニアだ」

「まぁ、それは確かに」

「だから、連中に勇者の名声を失墜させるなんらかの策があるか、あるいは方針を転換して反予言派の貴族を一掃し、予言の勇者を讃《たた》える方向に政治体制をシフトするかだ」

「後者なら、俺を呼ぶ必然性は？」

「保守派の粛清の後でなければ必然性などないであろうな。国として歓迎するのではなく、ギルドを使って依頼をするようでは前者の可能性が極めて高い」

「なんでこんな、あからさまな罠を？」

「半ば脅しであろう。断れば我が国を贔屓《ひいき》にしているとかどうとか言うのではないかな。国として大きく出られないのは、連中も苦しいからだ。反乱が絶えない国なのでな」

反乱？　また物騒なキーワードが出てきたな。戦争はしばらく起きる様子はないっていうルナベースの報告があったけど、元から内乱があったというなら例外にあたるわけか。確かに、諸外国との戦争というわけでもない。

「反乱というのは？」

「聖剣教団浄火派を自称するレジスタンス活動だ。とはいっても、実際には聖剣教団の名を借りた反政府活動にすぎないが」

反予言派国体への反抗に、予言を広めた聖剣教団の威光を借りているってわけか。

「ひょっとして、依頼の盗賊退治って……」

「うむ。十中八九、浄火派の鎮圧であろうな」

これは予想以上にやっかいな話だ。俺を名指しという時点でただの盗賊退治ではないと思っていたが、よもや反政府活動を潰せとは。

「この依頼、断るとどうなります？」

「カドニアの出方はいろいろ考えられるが……まあ、潰した面子に塩を塗りこむことになるのは間違いない。余はそれでも良いと思うが。魔王が倒れたことで、もはや大勢は決した。今更カドニアの肩を持つ国はないであろうよ」

王が悪い顔をしてらっしゃる。要するに断ったところで、カドニアにどうこうできる余力はないと言っているのだろう。とはいえ、断ると浄火派との関係がどうとか言われそうで嫌だな。一応建て前上は聖剣教団を名乗ってる連中らしいし。

「実際、本当に苦しいだけで藁《わら》をも摑《つか》みたいという可能性もなくはない。おそらく今後、予言が成ったことで浄火派は活性化すると見られている。カドニア王国がより大きな戦火に包まれる日は遠くない」

「本当に助けを求めているかもしれない……と」

ギルド長がリオミに目配せしていた理由が、よくわかった。リオミが一度城に戻った理由も。王の判断を仰ぐためだったわけか。前後関係を考えると、あのギルド長と王もマブダチ同士ってことじゃないか？　あのギルド長、ただの変態かと思いきや、とんだタヌキだ。あるいは冒険者ギルドに自分の息のかかった男をちゃっかり据えている、王の手腕を讃えるべきか。

「ありがとうございました。ひとまず、依頼については様子見でもいいですかね。情報を集めたいので」

「それがよかろう。そなたは大事な体なのだから、慎重にな」

一応頭を下げて、謁見の間を出た。もちろんリオミは俺に同行する。

「リオミ、いろいろ気を遣わせちゃって悪かったな」

「いえ、これがわたしの役目でもありますから」

笑顔には癒やされるけど、やっぱりリオミもきちんと帝王学を身につけているな。俺も結局ロードニアに取りこまれてるし。でも、こういうしがらみも悪くないような気がしてきた。要するに聖鍵の力を誇示しないようにすればいい。そう、俺は男だが二言もある。朝令暮改。それが俺だ。ずっとこうやって生きてきた。今更そうそう変われはしない。

「あれ？」

城門を出た先に、見覚えのある人物がいた。

「用は済んだか？」

「……シーリア、どうしてここに」

昼ごろ別れたはずの元剣聖が俺たちを待っていた。

「どうしてとは？」

「いや、だってギルドの依頼も済んだじゃないか。もうパーティは解散したわけだし……」

シーリアは怪訝《けげん》そうな顔をしている。そして、

「なにを言ってる。私は今後、アキヒコについていくぞ」

「はいぃぃ!?」

いうに事欠いて、とんでもないことを言い出した。

「今後はあなたに勝つために生きると言ったではないか」

「え、いやでもだって」

「まさか違えるつもりか？　私に生きろと言ったことを」

「それは訂正しないけど！」

「で、あろう。今後は好きなだけ、アキヒコのことを想いながら生きることにするのだ」

「……アキヒコ様？」

まずい、リオミの目が据わった。非常にまずい流れだ。

「誤解を生むような言い方をするなよ！」

「なにが誤解か」

「好きなだけ恨めとか憎めとは言ったけど、今の言い方だとなんか違うだろ」

「違わない。憎悪と愛情は紙一重。私はあなたに愛憎とでも言うべき感情を抱いている」

「おまえみたいな殺人狂に表情一つ変えずに言われても、全然嬉《うれ》しくない！」

「アキヒコ様、その物言いは女性に対してどうかと思います」

修羅場だ。本物の鬼修羅と猫魔神に完全包囲されている。

「……ついていっては迷惑か？」

シーリアが不安げに聞いてくる。ぐ、その顔は卑怯だ。クールさとのギャップが半端ない。

「そ、そういうわけでは……」

「そうか！　ならばこれから道々よろしく頼む。剣は新しいものを調達してきた。剣聖の称号は失ったとはいえ、役に立つぞ」

「さ、左様でございますか」

大事な剣をぶっ壊してしまった手前、そのことを言われると大きく出られない。まあ、頼もしいことは間違いないのだし。こうなりゃヤケだ。

「わ、わかった。よろしく頼むぞ、シーリア。ただし！　いきなり斬りかかってきたり、魔物を問答無用で殺したりするのはなしだぞ！」

「…………」

「そこであからさまに『え〜』って顔するなよ！　やるつもりだったのかよ！」

ぽん、と。俺の肩に、満面の笑みを浮かべたリオミが手を置いた。

「時にアキヒコ様。いつからアラムさんを、本名で呼ぶようになったのですか？」

こうして。聖鍵の勇者こと俺のパーティに、リオミに続き、剣聖アラム改めシーリアさんが仲間に加わったのでした。

このしばらく後、俺がメディカルルームで胃潰瘍だと診断されたことは言うまでもない。

epina（エピナ）

9月18日生まれ。千葉県出身。大学卒業後、声優になるべく専門学校へ通い、その後劇団に所属。とあるオフ会で小説投稿サイト「小説家になろう」の存在を知り、2012年から執筆と投稿を開始。本作がデビュー作となる。

レジェンドノベルス
LEGEND NOVELS

すべてのチートを過去《かこ》にする
異《い》世《せ》界《かい》超《ちょう》科《か》学《がく》　1

2018年12月5日　第1刷発行

［著者］ epina《エピナ》
［装画］ ＯＸ《オックス》
［装幀］ 石沢将人（ベイブリッジ・スタジオ）

［発行者］ 渡瀬昌彦
［発行所］ 株式会社 講談社
〒112-8001 東京都文京区音羽2-12-21
電話 ［出版］03-5395-3433
［販売］03-5395-5817
［業務］03-5395-3615

［本文データ制作］ 講談社デジタル製作
［印刷所］ 凸版印刷株式会社
［製本所］ 株式会社若林製本工場

N.D.C.913 255p 20cm ISBN 978-4-06-513591-4